Dieses SchneiderBuch gehört

_____

Geschenkt von

_____

Spaghetti im Benzintank

oder
Die Erpresserjagd

MARGOT POTTHOFF

Die vier von der Pizza-Bande

Tommi, 13 Jahre alt, dunkle Haare, dunkle Augen. Lustig, schnell und mutig, verantwortungsbewußt. Tommi ist aufbrausend, beruhigt sich aber schnell wieder. Er schmaust gern, besonders die Köstlichkeiten aus der Pizzeria seiner Eltern. Sie sind Italiener. Also ist Tommi auch Italiener – aber in Deutschland geboren. In der 6. Klasse der Realschule ist er als Tommaso Carotti bekannt.

Schräubchen, 12 Jahre alt, wird so gerufen, weil sie schon als kleines Kind in der Autowerkstatt ihres Vaters mit Schrauben spielte. Kurze, blonde Haare, blaue Augen. Liebt Radfahren, Schwimmen und Skifahren. Wer sie ärgern will, ruft sie „Schreckschraube". In der Schule rufen sie die Lehrer „Stephanie Wagner".

„TH", 13 Jahre alt (wenn er seinen Vornamen Walther nennt, sagt er immer, „mit TH, bitte"): sehr groß, sehr dünn, blondes, glattes Haar. Trägt eine Brille. Spielt furchtbar gern Gitarre, aber nicht sehr gut. Walthers Eltern sind geschieden. Er lebt beim Vater, der einen tollen Posten in einer großen Keksfabrik hat. In der Schule schreiben die Lehrer auf das Zeugnis von TH „Walther Roland" und darunter mittelmäßige Zensuren.

Milli, 12 Jahre alt. Wird Milli genannt, weil sie furchtbar gern viel Milch trinkt. Klein und zierlich. Hat langes, blondes Haar. Milli ist zuverlässig und verantwortungsbewußt. Liebt Tiere über alles. Ihre Lieblinge sind der Hund Moritz und Kater Max, die dicke Freunde sind. Milli will einmal den Bauernhof ihrer Eltern übernehmen. Sie hat Angst vor Geistern und Gespenstern. Die Lehrer, die sie als Anna Obermaier kennen, geben ihr gute Zensuren.

Inhalt

Eine abscheuliche Tat

„Warum stehen da so viele Leute?" Tommi zeigte nach vorn.

„Und ein Polizeiwagen!" Walther rückte seine Brille zurecht. Die beiden befanden sich auf dem Weg zur Schule, und es war schon ziemlich spät. Trotzdem sprangen sie von ihren Fahrrädern.

„Wenn irgendwo etwas passiert ist, rotten sich sofort die Leute zusammen und behindern Polizei und Hilfsmannschaften bei der Arbeit. Dadurch wird der Schaden oft größer, und manchmal kriegen die neugierigen Zuschauer auch noch was ab", erklärte Walther. „Und jetzt stellen wir schnell unsere Fahrräder ab und versuchen uns durchzuschlängeln", fuhr er hastig fort.

„Spinnst du?" fragte Tommi kopfschüttelnd.

„Nein. Das ist nur der Unterschied zwischen Theorie und Praxis", erklärte Walther grinsend. „Und wenn du diese beiden schönen Wörter nicht kennst – Theorie ist, was man gelernt hat, und Praxis, was man tut."

„Vielen Dank für die Aufklärung", brummte Tommi. „Wenn du bloß nicht immer glauben würdest, daß alle anderen dümmer sind als du."

Die Jungen stellten ihre Fahrräder ab und reckten die Hälse. Vor der Zoohandlung standen jedoch so viele Menschen, daß sie nichts sehen konnten. Es gelang ihnen auch nicht, sich durch die Menge zu drängen.

Endlich fragte Tommi laut: „Was ist denn passiert?"

„Es ist grauenhaft!" Eine ältere Frau blickte sich um; sie hatte Tränen in den Augen. „Seht euch das nicht an", sagte sie. „So eine Tierquälerei! Hoffentlich wird der Täter gefunden und bestraft!" Dann nahm sie ein Taschentuch heraus und putzte sich die Nase. „Ich habe selbst Tiere", fügte sie hinzu, „einen Hund und zwei Wellensittiche."

Die Jungen wurden immer neugieriger und baten, ihnen doch zu sagen, was geschehen war.

„Ein Einbruch", erwiderte die Frau leise. „Das ganze Geschäft ist verwüstet! Die Aquarien wurden zerschlagen, das Wasser ist herausgelaufen, und natürlich sind alle Fische tot – dreitausend sollen es sein. Wahrscheinlich hat der Einbrecher es aus Wut darüber getan, daß in der Kasse nur für fünfzig Mark Wechselgeld war. Was für eine Art Mensch muß man sein, um so etwas tun zu können?" Sie wischte mit dem Taschentuch über ihre Augen. „Unvorstellbar!"

Tommi und Walther schauten sich an. Es war wohl

wirklich besser, wenn sie fortgingen. Die beiden waren dreizehn Jahre alt, hielten sich nicht für besonders emp-findlich und hatten sich bis vor wenigen Minuten noch ausgezeichnet gefühlt; doch nun schien es ihnen, als brodelte es in ihrem Magen.

Rundum in der Zuschauermenge fielen harte Worte über den Täter; die Menschen waren erschrocken und böse über die Zerstörung und vor allem über die sinnlose Tierquälerei.

„Gemein", murmelte Tommi. In seinen blanken, dunk-len Augen stand das Entsetzen.

Walther nickte nur; ihm hatte es die Sprache verschla-gen. Er faßte seinen Freund am Arm und zog ihn fort. Schweigend radelten die beiden weiter.

Erst als die Schule schon in Sicht war, sagte Walther finster und entschlossen: „Wir müssen uns heute nachmit-tag treffen und über die Sache sprechen. Die Polizei hat viel zu tun. Wenn wir alle vier die Augen und Ohren offenhal-ten, können wir vielleicht auch etwas herausfinden! Ich sage Milli und Schräubchen Bescheid."

„In Ordnung." Tommi fuhr sich mit der Hand durch das dunkle Haar. „Um fünf Uhr bei uns – wie üblich."

Die Jungen trennten sich nun. Sie besuchten zwar die gleiche Realschule und auch die gleiche Klasse, doch Tommi war in der 6a, Walther, Milli und Schräubchen dagegen waren in der 6b. Die vier Freunde hatten schon allerlei Abenteuerliches zusammen erlebt. Walther Roland war der Wortführer der Gruppe und meistens auch der Anstifter bei besonderen Unternehmungen, was sich so-eben wieder gezeigt hatte.

Meistens wurde er „TH" gerufen, weil er immer sagte: Walther mit „th", wenn er seinen Namen nannte. Er war groß für sein Alter und sehr dünn, hatte mittelblondes, glattes Haar und braune Augen. Er suchte immer Gelegenheiten, sich hervorzutun.

TH wird keine Ruhe geben, bis dieser Fall aufgeklärt ist, dachte Tommi. Aber mir ist das recht. Und den Mädchen sicher auch. Denn das ist eine Gemeinheit. Er war wütend, traurig und hilflos zugleich.

Walther hörte nicht viel von dem, was an diesem Morgen im Unterricht behandelt wurde, da er sich in Gedanken ständig mit dem Täter beschäftigte. Was für ein Mensch war das, und wo mußte er gesucht werden?

Milli und Schräubchen, denen er in der ersten Pause rasch erzählte, was geschehen war, erging es danach nicht viel besser.

Immer Ärger mit Herrn Friedlich

Auch Tommi – sein voller Name lautete Tommaso Carotti – hatte an diesem Morgen Schwierigkeiten, dem Unterricht zu folgen. Immer wieder irrten seine Gedanken ab. Doch er hatte Glück: Die letzte Stunde fiel aus. Die Klasse jubelte, und Tommis Stimme übertönte noch die anderen. Lehrer Dorn, der die Nachricht verkündet hatte, lächelte verstohlen. Manches ändert sich nie, dachte er und erinnerte sich daran, daß er sich als Kind über eine ausgefallene

Schulstunde ebenso gefreut hatte. Und das war über vierzig Jahre her.

Die Kinder drängten nun zum Ausgang, allen voran Tommi. Der stämmige Junge schob sich durch die Menge wie ein Schiff durchs Wasser.

„Nun mal langsam", sagte Ingrid, als er ihr unabsichtlich einen Ellbogen in die Rippen drückte. „Die Spaghetti laufen dir nicht fort!"

„Falsch geraten. Heute gibt es Ravioli, und ich sage dir", Tommi schnalzte mit der Zunge, „die schmecken! Wenn ich könnte, würde ich ein Gedicht darüber schreiben. Meine Mutter kocht wunderbar! Deine wohl nicht, hm?" Lächelnd musterte er Ingrid, die außerordentlich dünn war. „Wenn du öfter bei uns essen würdest, könnte aus dir ein ganz hübsches Mädchen werden."

„Ach, laß mich in Ruhe!" fauchte sie, warf den Kopf in den Nacken und stakste davon.

Tommi grinste. Was für ein Glück, daß ich nicht dick bin! dachte er, sonst wäre ihr sicher noch etwas eingefallen. Dann holte er sein Fahrrad und machte sich auf den Heimweg. Er war Italiener, aber in Deutschland geboren. Seine Eltern besaßen eine Pizzeria in Sommerberg, einer mittelgroßen Stadt an einem oberbayerischen See. Das Gespräch mit Ingrid hatte ihm bewußt gemacht, daß er hungrig war. Doch so bald würde er nichts zu essen bekommen, denn um diese Zeit herrschte Hochbetrieb im Restaurant. Tommi beschloß, seinen Eltern zu helfen und so ganz nebenbei seinen ärgsten Hunger zu stillen – hier eine Scheibe Schinken, dort etwas Käse, vielleicht auch ein Stück Pizza . . . Er radelte schneller und wäre beinahe bei

Rot über eine Kreuzung gefahren.

„Ja, ja, schon gut!" rief er freundlich einem schimpfenden Mann zu und konzentrierte sich für den Rest des Weges auf den Straßenverkehr. Er hatte auch nicht mehr weit zu fahren. Bald sah er die rosa Leuchtschrift *Mamma Gina*. Gina, so hieß seine Mutter; sie stammte aus Neapel, und Tommi liebte sie sehr. Er liebte auch Papa Francesco – aber anders. Auf seine achtjährige Schwester Daniela, Nele genannt, könnte er dagegen leicht verzichten. Sie war außerordentlich lästig und meistens im Wege, fand er. Sie wollte immer mitmachen, wenn er mit seinen Freunden etwas unternahm. Außerdem verstand Nele immer nur die Hälfte, so daß man ihr alles noch mal erklären mußte.

Inzwischen war Tommi angekommen. Er stellte sein Fahrrad ab und ging ins Restaurant. Es war kein Platz mehr frei. Er freute sich darüber – seiner Eltern wegen. Sie arbeiteten hart. *Mamma Gina* war eine kleine Pizzeria, nicht sonderlich gemütlich, einfach eingerichtet. Trotzdem fühlten sich die Gäste hier wohl und kamen immer wieder. Das Essen war vorzüglich, nicht zu teuer und die Portionen reichlich bemessen.

Tommi grüßte freundlich nach allen Seiten, während er durch das Lokal ging. Die meisten Gäste grüßten zurück, und einige winkten ihm zu.

„Benissimo!" rief Papa Francesco freudestrahlend, als er seinen Sohn sah. Tommi sollte mithelfen, da der Kellner frei hatte.

Die Carottis lebten schon lange in Sommerberg und sprachen ziemlich gut Deutsch. Vater Carotti allerdings nur, wenn er wollte. Und das hing davon ab, ob ihm das gefiel, was die Leute zu ihm sagten oder nicht.

„Kannst du ein bißchen helfen?" erkundigte er sich. „Die Mittagszeit ist kurz. Die Leute müssen wieder arbeiten."

Tommi nickte. „Ich komme gleich wieder!" Nachdem er in der Küche gewesen war, die rundliche Mutter liebevoll gedrückt und schnell eine Scheibe Schinken in den Mund gesteckt hatte, fragte er den Vater, was er tun könne.

„Hier!" Er bekam einen Teller voll Spaghetti mit Fleisch und Tomatensoße in die Hand gedrückt. „Das ist für ihn!" Papa Francesco wies mit dem Kopf auf einen älteren Herrn mit eisgrauem Haar, der sich ungewöhnlich gerade hielt. Er saß am Kopfende des Tisches, der gleich hinter der Eingangstür stand. Das war Herrn Friedlichs Stammplatz. Von dort konnte er das Lokal gut überblicken und auch durchs Fenster auf die Straße hinaussehen.

Herr Friedlich aß jeden Tag hier, und fast jeden Tag gab es Ärger mit ihm. Tommi wußte das aus den Erzählungen seiner Eltern. Sie hatten schon oft den Verdacht geäußert, er suche förmlich Anlässe, um Streit vom Zaun zu brechen. Und sie hatten schon manchmal überlegt, ob sie ihm nicht das Lokal verbieten sollten. Doch sie brachten es nicht fertig, trotz aller Unannehmlichkeiten, die er ihnen bereitete. Er tat ihnen irgendwie leid. Erklären konnten sie dieses Gefühl allerdings nicht.

Er sollte „Zänkisch" heißen statt „Friedlich", dachte Tommi und stellte vorsichtig den Teller vor ihn hin. „Bitte schön", sagte er, und: „Guten Appetit!"

„Danke", erwiderte Herr Friedlich, mürrisch wie immer.

Und dabei blickte er den Jungen an, als habe der ihm ins Essen gespuckt oder noch Schlimmeres getan.

Altes Ekel, dachte Tommi. Ob der sich wohl selbst leiden mag?

Nachdem er noch einigen anderen Gästen das Essen gebracht hatte, winkte Herr Friedlich ihn zu sich.

„Wie denkst du dir das eigentlich?" fragte er so laut und drohend, daß alle anderen Gäste die Köpfe hoben und hersahen.

Tommi war sich keiner Schuld bewußt. „Ich weiß nicht, was Sie meinen", erwiderte er achselzuckend.

Da wies Herr Friedlich anklagend auf seinen Teller und sagte: „Soll ich vielleicht mit den Fingern essen? Das mag ja bei euch in Italien so üblich sein . . ." Und hier verstummte er. Sein blasses Gesicht bekam rote Flecken.

Offensichtlich war es ihm peinlich, diese beleidigende Bemerkung gemacht zu haben. „Entschuldigung", murmelte er.

Doch das hörte Tommi nicht mehr. In seinen Ohren brauste es. Er war so wütend, daß er sekundenlang überlegte, ob er Herrn Friedlich nicht den Teller Spaghetti über den Kopf stülpen sollte . . . Er überwand sich jedoch und tat es nicht.

Alle Gäste sahen neugierig auf die beiden. Papa Francesco kam eilig herbei und erkundigte sich, was es gäbe. Als er hörte, daß das Besteck fehlte, fuhr er Herrn Friedlich an, er solle sich nicht so anstellen, ein Wort hätte genügt, und wenn es ihm bei *Mamma Gina* nicht gefiele, könne er sich ja ein anderes Lokal suchen. Es gäbe genug in der Stadt.

Tommi wartete das Ende der Auseinandersetzung nicht

ab. Er ging in die Küche und sann auf Rache. Dieser gemeine Kerl! Dieses Ekel! Wenn ich ihm eine Stinkbombe in die Wohnung werfe, dann muß er sich tagelang ärgern. Die Idee gefiel ihm, und er beschloß, am Nachmittag mit seinen Freunden darüber zu sprechen. Tommi starrte so finster in eine Schüssel mit Tomatensoße, daß seine Mutter ihn beiseite schob.

Wenn man auf jemanden wütend ist, traut man ihm leicht alle möglichen schlechten Handlungen zu. So erging es Tommi nun. Plötzlich fiel ihm nämlich ein, daß er Herrn Friedlich schon des öfteren vor der Zoohandlung hatte stehen sehen. An sich war das natürlich nichts Besonderes – doch unter diesen Umständen . . . Wenn es den üblen Vorfall soeben nicht gegeben hätte, wäre Tommi sicher niemals darauf verfallen, den mürrischen alten Herrn einer so abscheulichen Tat zu verdächtigen.

Einerseits konnte er sich allerdings Herrn Friedlich bei der Verwüstung der Zoohandlung nicht vorstellen, andererseits, so überlegte er, sah man es einem Menschen ja nicht an, wenn er etwas Böses getan hatte. Vielleicht saß der Tiermörder sogar gerade im Lokal und ließ sich eine Pizza schmecken? Tommi spürte ein Grauen.

Aber unmöglich ist das nicht, dachte er. Also kann es auch Herr Friedlich gewesen sein.

Im Restaurant herrschte inzwischen wieder Ruhe. Es hatte einen lauten Wortwechsel zwischen Herrn Friedlich und Papa Francesco gegeben, den beide auch ein wenig genossen; dieser Eindruck war zumindest bei den anderen Gästen entstanden. Herr Friedlich bekam ein neues

Essen – mit Besteck –, da die Spaghetti inzwischen kalt geworden waren. Er hatte sich vielmals entschuldigt und erklärt, es täte ihm sehr leid. Er liebe Italien und dieses Restaurant, sonst käme er doch nicht jeden Tag hierher. So erzählte Papa Francesco es in der Küche.

„Zuerst will er immer streiten", sagte er zum Schluß kopfschüttelnd, „und plötzlich ist alles wieder gut. Ich weiß nicht. Ein komischer Mann. Vielleicht ist er nicht glücklich. Und jetzt muß ich wieder arbeiten! Besser, du gehst nach oben." Er blickte Tommi an.

Die Mutter stimmte ihm zu und meinte, Tommi solle sich um seine Schwester kümmern, die allein in der Wohnung war, und vielleicht könne er, so nebenbei, ein wenig ihre Zimmer aufräumen.

Obwohl er wußte, daß seine Schwester noch nicht imstande war, ihr Zimmer oder sonst irgend etwas aufzuräumen, rief Tommi abwehrend: „Nele soll ihre Sachen selbst machen!"

Darauf befahl der Vater ihm mit Donnerstimme, gefälligst zu tun, was Mamma ihm aufgetragen habe. Dann nahm er einige bereitstehende Teller und ging wieder ins Restaurant.

Die Mutter schimpfte mit Tommi, weil er dem Papa Widerworte gegeben hatte, drückte ihm gleichzeitig einen schönen Apfel in die Hand, erklärte, daß es doch eine Hilfe für sie wäre, wenn er die Zimmer aufräumte, küßte ihn auf beide Wangen und schob ihn durch den Hinterausgang aus der Küche.

„Jetzt hat sie mich mal wieder überfahren", sagte Tommi. Aber es klang nicht böse, sondern eher liebevoll. Sehr langsam stieg er die Treppe hinauf zur Wohnung, die über dem Restaurant lag. Wenn ich inzwischen auch nur das allerkleinste bißchen Lust bekomme zum Aufräumen, dachte er, dann tu ich's. Doch er wartete vergebens. Seine Abneigung schien nur noch größer zu werden. Er betrat die Wohnung, und nachdem er die Tür hinter sich geschlossen hatte, sagte er laut: „Aufräumen ist wirklich das Schlimmste! Es sollte verboten werden. Außerdem findet man hinterher nichts mehr wieder . . .“

„Was kannst du nicht finden?“ Nele kam herein. „Soll ich dir helfen? Aber zuerst beten wir zum heiligen Antonius! Du weißt doch, daß er alle verlorenen Sachen wiederfindet.“

Tommi fuhr ihr kurz mit der Hand durch die dunklen Locken, ermahnte sich im stillen, ruhig zu bleiben, und gab seiner Schwester den Apfel. Sie begann sofort daran zu knabbern.

„Sind deine Schulaufgaben fertig?“ fragte er.

„Nein“, nuschelte Nele.

„Dann mach weiter. Ich räume jetzt mein Zimmer auf.“

„Oh, ich helfe dir“, rief Nele begeistert.

„Verschwinde“, sagte Tommi in einem Ton, der sie veranlaßte, ohne ein weiteres Wort an den Tisch zurückzugehen, wo ihr Schulheft lag. Doch sie schrieb nicht, sondern beobachtete den Bruder, der sich an den Türrahmen lehnte und sein Zimmer betrachtete, als habe er es noch nie gesehen. Auf dem Fußboden lagen seine Bücher neben Apfelsinenschalen, einem verbeulten Fußball und einem Paar roter Socken. In dem Regal, das eigentlich für die Bücher bestimmt war, befanden sich alle möglichen

Sachen: zum Beispiel eine bunte Blechdose, die leer war, Spielzeug, das er nicht mehr benutzte, ein verrosteter Vogelkäfig, den er einmal gefunden hatte und in dem jetzt ein abgewetztes Plüschäffchen saß, und ein Pullover mit einem großen Loch, von dem Mamma nichts wußte.

Hier aufzuräumen ist überflüssig und außerdem sinnlos, dachte Tommi, denn morgen würde es wieder ebenso aussehen. Schließlich benötigte er die Sachen ja ständig. „Zeitverschwendung", sagte er und blickte auf seine Armbanduhr. Dabei fiel ihm ein, daß Herr Friedlich vermutlich in diesen Minuten das Restaurant verlassen würde. Ihm heimlich zu folgen und vielleicht schon einmal herauszufinden, wo er wohnte, wäre sinnvoll und vor allem viel interessanter. Er überlegte nicht lange, rief seiner Schwester zu: „Ich komme gleich wieder!" Und bevor sie noch etwas begriffen hatte, war er schon aus der Wohnung gelaufen.

Das ist alles sehr verdächtig, meint Tommi

Tommi verließ das Haus durch die Hintertür, ging über den Hof und durch die Toreinfahrt bis zur Königstraße. Er spähte um die Hausecke und zuckte zurück, als er sah, daß Herr Friedlich soeben das Restaurant in entgegengesetzter Richtung verließ. Er wartete ein wenig und folgte ihm dann. Es war Ende Mai und seit Tagen schon warm und sonnig. Herr Friedlich trug seinen Mantel über dem Arm,

ebenso den Spazierstock. Er ging langsam, aber kerzenge-
rade, mit sicherem Schritt. Und Tommi fragte sich, warum
er immer einen Stock mitnahm, den er gar nicht brauchte . . . Vielleicht handelte es sich um eine Waffe? Er hatte
so etwas einmal im Film gesehen: auf Knopfdruck schnell-
te aus einem Spazierstock ein Messer!

Da die Straße belebt war, schlängelte Tommi sich näher
an Herrn Friedlich heran. Er faßte den Stock scharf ins
Auge, konnte aber nichts Ungewöhnliches daran entdek-
ken. Doch das bedeutete natürlich nichts. Während Tommi sich noch mit dieser Frage beschäftigte, stieß Herr
Friedlich mit einem korrekt gekleideten Mann mittleren
Alters zusammen. Er glaubte deutlich gesehen zu haben,
daß es absichtlich geschehen war. Blitzschnell duckte er
sich zwischen die vor einem Feinkostgeschäft aufgebauten
Obstkisten und beobachtete die Szene.

Im allgemeinen entschuldigt man sich bei einer solchen
Gelegenheit und geht weiter. Nicht so Herr Friedlich! Er
ließ Stock und Mantel fallen, packte den Mann bei den
Schultern und lamentierte – es war ein richtiger Auftritt!
Tommi dachte, daß Herr Friedlich verrückt sein müsse
oder mit seinem Verhalten entweder etwas erreichen oder
verschleiern wolle. Dabei fiel sein Blick auf den Mantel,
der auf dem Bürgersteig lag; eine Tasche wölbte sich stark.
Etwas Großes, Hartes mußte darin sein! Eine Pistole
vielleicht? Wahrscheinlich war es etwas anderes, ein Buch
zum Beispiel oder zwei Brötchen, aber der Ärger über
Herrn Friedlich ließ Tommis Phantasie immer nur in eine
Richtung schweifen.

Irgend jemand hob nun Stock und Mantel auf. Herr

Friedlich bedankte sich, und dann verabschiedete er sich mit einem Händedruck von dem Mann, mit dem er sich gerade eben noch heftig gestritten hatte. Der ging kopfschüttelnd weiter. Als er an dem Feinkostgeschäft vorüberkam, hörte Tommi ihn zu sich selbst sagen: „Manche Leute scheinen ohne Streit nicht leben zu können."

„Ich glaube nicht, daß es so einfach ist", murmelte Tommi.

Herr Friedlich wanderte nun weiter. Manchmal blieb er vor einem Schaufenster stehen, betrachtete die Auslage, oder er stützte sich auf seinen Stock, als müsse er sich ausruhen. Dabei blickte er jedoch immer so aufmerksam umher, als beobachte er etwas. Tommi mußte scharf aufpassen, um nicht entdeckt zu werden.

Als die Zoohandlung in Sicht kam – sie befand sich auf der anderen Straßenseite –, ging Herr Friedlich hinüber. Er stellte sich an den Rand des Bürgersteiges und sah den Leuten zu, die mit Aufräumungsarbeiten beschäftigt waren. Eine Viertelstunde blieb er dort stehen. Tommi hatte auf die Uhr geschaut. Dann betrat er das Geschäft, kam aber nach wenigen Minuten wieder heraus.

Den Täter zieht es an den Ort seines Verbrechens zurück, dachte Tommi. Doch er schämte sich ein wenig dabei, denn es gab ja keinen Grund, den alten Herrn einer so gräßlichen Tat zu verdächtigen. Aber dieser Gedanke war in seinem Kopf, und er konnte sich nicht davon befreien.

Herr Friedlich ging ein Stück weiter und bog dann unerwartet in eine Nebenstraße ein. Tommi schlich bis an die Ecke, streckte den Kopf vor und blickte geradewegs in das Gesicht des Verfolgten. Er erschrak so sehr, daß ihm die Knie zitterten.

„Warum läufst du mir die ganze Zeit nach?" fuhr Herr Friedlich ihn an. „Ich habe deinem Vater zwei Mark Trinkgeld für dich gegeben. Damit sollte die Sache doch wohl erledigt sein."

„Ich will Ihr Geld nicht!" rief Tommi patzig.

„Verschwinde!" sagte Herr Friedlich und hob drohend den Stock. „Ich lasse mich nicht gern beobachten!"

Das glaube ich! dachte Tommi, machte kehrt und lief nach Hause. „Das ist alles sehr verdächtig", murmelte er unterwegs mehrmals vor sich hin.

Besprechung im Hinterzimmer

Das Restaurant der Carottis hatte ein kleines Hinterzimmer, wo sich die vier Freunde immer treffen konnten – daher kam auch der Name „Pizza-Bande".

Tommi saß dort und las, als Stephanie Wagner am Nachmittag, eine Viertelstunde vor der verabredeten Zeit, hereinkam.

„Ich bin da, es kann losgehen", sagte Schräubchen, wie sie von allen genannt wurde. Ihr Vater besaß eine Autoreparaturwerkstatt. Als Kleinkind hatte sie am liebsten dort gespielt, vor allem mit Schrauben. Inzwischen war sie zwölf, aber sie hielt sich immer noch gern in der Werkstatt auf. Die Bemerkung, die sie soeben gemacht hatte, war typisch für sie. Tommi sagte ihr das und fügte hinzu: „Du meinst, die ganze Welt müßte sich um dich drehen! Du bist zwar die größte von uns, in Zentimetern, meistens auch mutiger als wir, du hast das tollste Fahrrad, und im Sport bis du uns auch weit überlegen, aber . . .“

„Das ist doch schon sehr viel“, unterbrach Schräubchen ihn. Ihre blauen Augen blickten abweisend. „Mir reicht es jedenfalls.“ Sie ließ sich auf einen Stuhl fallen.

„Wirklich?“ fragte Tommi. „Denk bei Gelegenheit mal darüber nach. Ich sage dir das als Freund, denn ich . . . wir . . . haben dich doch gern.“

Schräubchen brummte irgend etwas und sprang auf. Die Hände in die Hosentaschen versenkt, marschierte sie ungefähr eine Minute lang schweigend im Zimmer umher. Dann blieb sie stehen, schüttelte das kurze blonde Haar nach hinten und sagte zögernd: „Ich hab dich . . . euch . . . auch gern. Ihr seid für mich . . . wie Geschwister.“ Sie war, ebenso wie Walther, ein Einzelkind. Einerseits hätte sie auf die Gruppe nicht verzichten mögen, andererseits fiel es ihr schwer, sich anzupassen.

Tommi erkannte, daß sie verlegen war, obwohl sie ihm den Rücken zukehrte. So stand er auf, erklärte, Getränke holen zu wollen, und klopfte der Freundin im Vorübergehen eher grob als zärtlich auf den Rücken.

Im gleichen Augenblick öffnete sich die Tür, und Herr Carotti brachte Flaschen mit Saft, Gläser und etwas zum Knabbern für seine „liebsten Gäste“, wie er immer sagte. Er sei allerdings froh, daß er nicht mehr davon habe, pflegte er hinzuzufügen, denn sonst wäre er längst bankrott. Seine „liebsten Gäste“ brauchten nämlich nicht zu bezahlen.

Bevor er das Tablett abgesetzt hatte, kamen auch Walther und Anna Obermaier, die nur Milli genannt wurde, weil sie von klein auf am liebsten Milch trank. Sie war zwölf Jahre alt, zierlich und hatte mittelblondes, langes Haar, das sie meistens hinten zu einem Zopf geflochten trug, so wie heute auch. Ihr auf dem Fuße folgte Nele.

„O nein!" rief Tommi, als er sie sah. „Bitte, Papa, nimm sie wieder mit! Wir haben etwas Ernstes zu besprechen. Sie ist noch zu klein." Er dachte dabei nicht nur an die verwüstete Zoohandlung, sondern auch an die Stinkbombe, die er Herrn Friedlich gern in die Wohnung werfen wollte. Wenn Nele davon erfuhr, würde die Sache nicht geheim bleiben, und sein Papa wäre sicher nicht damit einverstanden. Aber er wollte Rache für die Beleidigung, die Herr Friedlich ihm zugefügt hatte!

Nele begann zu weinen. Sie konnte das auf Anhieb. Sie riß die Augen weit auf, dachte an etwas Trauriges, und schon rollten die Tränen. Da setzte der Vater sie auf seine Schultern, lachte und trabte mit ihr hinaus. Die Freunde hörten sie vergnügt kreischen.

„Zur Sache", sagte Walther. „Hat vielleicht jemand inzwischen etwas Neues erfahren?" Er hatte einen triumphierenden Gesichtsausdruck. Doch das bemerkten die anderen nicht, da sie das Bedürfnis hatten, zunächst noch einmal ihre Empörung über die abscheuliche Tat auszusprechen.

„Ich möchte etwas erzählen", erklärte Tommi schließlich und berichtete, was er heute mittag mit Herrn Friedlich erlebt hatte, und was er davon hielt.

Walther und Milli fanden seine Rachegelüste und seine

Idee mit der Stinkbombe kindisch; nur Schräubchen stellte sich auf seine Seite. Einig waren sich jedoch alle darüber, daß Herrn Friedlichs Verhalten sonderbar war.

„Wer ein gutes Gewissen hat, achtet nicht darauf, ob er vielleicht verfolgt wird", sagte Walther.

„Genau!" Die anderen nickten heftig.

„Was natürlich nicht bedeuten muß, daß er mit dieser scheußlichen Sache etwas zu tun hat", fügte Milli hinzu.

„Vielleicht hat er Angst vor irgend etwas oder irgendwem?"

„Oder", Walther sprach langsam und betont, „er ist Detektiv gewesen und gewöhnt, sich so zu benehmen."

Die anderen starrten ihn überrascht an. Was für eine Idee! Darauf konnte auch nur TH kommen . . . Die Vorstellung gefiel ihnen allerdings nicht sonderlich. Tommi am allerwenigsten. „An den Haaren herbeigezogen", brummte er.

Walther gab das zu, meinte aber, das könne man von seinem Verdacht auch behaupten. „Trotzdem sollten wir versuchen, mehr über Herrn Friedlich zu erfahren", fuhr er fort und blickte reihum. „Einverstanden?"

Die anderen nickten.

„Dann werde ich euch jetzt etwas verraten: Die Zoohandlung sollte erpreßt werden! Herr Moos, so heißt der Inhaber, ist nicht darauf eingegangen, und deshalb ist sein Geschäft verwüstet worden!" Walther lehnte sich zurück und genoß die Aufregung und Bewunderung seiner Freunde. Er ließ sich ein wenig drängen, bevor er weitererzählte.

„Ich bin heute nachmittag noch einmal hingefahren, habe mich dort ein bißchen herumgedrückt, zugehört . . . Herr

Moos hat vor ungefähr vier Wochen einen Brief bekommen. Darin stand, er sollte hunderttausend Mark bezahlen, sonst würde etwas Schreckliches passieren. Er hat
darüber gelacht und den Brief in den Papierkorb geworfen,
weil er dachte, ein Kind hätte ihn geschrieben."

„So ein Leichtsinn!" rief Schräubchen.

„Er wird einen Grund gehabt haben", meinte Milli und
sah Walther an. „Weißt du noch mehr?"

„Leider nicht. Aber morgen steht sicher alles in der
Zeitung."

Die Freunde redeten noch eine ganze Weile über den
Fall. Da sie jedoch im Augenblick nichts weiter tun
konnten, beschlossen sie, zunächst einmal Herrn Friedlich
zu beobachten. Tommi freute sich darüber, denn wer weiß
– vielleicht hatte dieser unangenehme Mensch ja doch
etwas mit der Sache zu tun.

„Wenn ich nur wüßte, wo er wohnt", sagte er.

„Hast du schon im Telefonbuch nachgesehen?" fragte
Walther.

Tommi hatte nicht, und er ärgerte sich, weil ihm das
nicht selbst eingefallen war. Er ging und holte das Telefonbuch. Die Kinder suchten. Millis Finger glitt über die
Namenreihe: Friedhofsgärtnerei – Friedel – Fried-
lapp – Friedlich! Den Namen gab es nur einmal.

„Eusebius heißt er!" rief Schräubchen und wollte sich
ausschütten vor Lachen.

„Das muß er sein", sagte Tommi. „Der Name paßt zu
ihm."

„Meisenweg 5", las Milli weiter. „Wo kann der sein?"

Niemand wußte es. Aber Schräubchen erinnerte sich,

einmal am Bahnhof einen Stadtplan auf einer großen Tafel gesehen zu haben. Und alle hatten Zeit und Lust, zum Meisenweg zu fahren.

„Na, dann los!" Walther stand auf.

In diesem Augenblick öffnete sich die Tür einen Spaltbreit. Nele steckte den Kopf herein und schrie: „Ihr seid dumme Strohbohnen!" Dann verschwand sie wieder.

„Dumm wie Bohnenstroh, heißt das", rief Tommi.

Seine Freunde blickten verwundert auf und fragten, was das bedeuten solle.

„Sie wollte uns beleidigen, und das war das Schlimmste, was ihr eingefallen ist", erklärte Tommi mit leidender Miene. „Nele ist wirklich eine Plage. Ich beneide euch!"

Walther und Schräubchen hatten keine Geschwister, Milli nur einen neunzehnjährigen Bruder. Die drei meinten nun, Nele sei zwar lästig, aber Tommi rege sich immer viel zu sehr darüber auf.

„Vielleicht solltest du auch ein bißchen netter zu ihr sein", sagte Milli. „Du bist älter und vernünftiger."

Wenn sie in ihrer ruhigen und verantwortungsbewußten Art so etwas sagte, hatte sie meistens Erfolg. So auch in diesem Falle . . .

Als die Pizza-Bande das Hinterzimmer verließ, erschien Nele, stellte sich mitten in den Weg und schrie: „Ich will mit!"

Während die anderen ihr noch erklärten, daß es heute nicht möglich sei, und versprachen, sie beim nächsten Mal mitzunehmen, packte Tommi sie bei den Schultern und küßte sie geräuschvoll auf beide Wangen.

„Du bist prima!" sagte er dabei.

Das verwirrte Nele. „Ich will mit!" Neles Unterlippe begann zu zittern. Gleich würde sie losheulen . . .

„Du bist prima", wiederholte Tommi – und dann ergriffen die vier Freunde die Flucht.

In der Falle

Der Meisenweg war eine Sackgasse. Auf der einen Seite, zur Eisenbahnstrecke hin, befand sich ein Waldstück, und auf der anderen waren Einfamilienhäuser in großen Gärten. Die Kinder stiegen von den Fahrrädern und gingen den Weg entlang, der leicht aufwärts führte und an dessen Ende sich bewaldete Hänge ausbreiteten, die in dieser Richtung die Stadt begrenzten.

„Hier ist es sehr still", sagte Walther. „Es bellt nicht einmal ein Hund."

Das Haus Nummer 5 war von hohen Hecken umgeben. Milli spähte durch das Gittertor. „Ein richtiges Hexenhaus", meinte sie und trat einen Schritt zurück.

Die anderen grinsten. Milli fürchtete sich vor Geistern und Gespenstern. Das war ihre schwache Stelle. Sie gab das nicht gern zu, weil sie immer deswegen ausgelacht wurde.

„Klingeln wir doch einfach mal", schlug Walther nun vor.

„Wenn Herr Friedlich kommt, fragen wir ihn . . ., ob wir . . . ein Glas Wasser haben könnten."

„Du hast dich heute wohl schon total verausgabt!"

31

Schräubchen tippte ihm auf die Stirn. „Wir sollten uns eine bessere Ausrede einfallen lassen. Wie wäre es zum Beispiel damit: Wir wollen einen Mitschüler besuchen, der hier wohnen soll . . .? Wir könnten ja die Hausnummer falsch verstanden haben."

Walther verzog das Gesicht. Widersprüche und Einwände konnte er nur schwer ertragen, außer wenn diese von Milli kamen. Doch er sagte in diesem Falle nichts, denn seine Idee war zweifellos schlecht.

„Wenn Herr Friedlich mich sieht, weiß er gleich, daß es eine Ausrede ist", meinte Tommi nun. Dann versteckte er sich gegenüber am Waldrand.

Schräubchen läutete. Die Kinder hörten in der Stille, daß die Klingel im Hause schrillte. Aber es rührte sich nichts. Nachdem sie es noch einige Male ohne Erfolg versucht hatten, kam Tommi wieder hinzu, und die Freunde beschlossen, über das Gartentor zu steigen und sich auf dem Grundstück ein wenig umzusehen.

„Ich bleibe hier und warne euch, wenn er kommen sollte", bot Milli an. „Ich . . . ich habe . . . keine Lust mitzugehen."

Tommi blinzelte. „Du fürchtest dich wohl vor dem Geist Eusebius, hm?"

„Laß sie in Ruhe und sei froh, daß sie es freiwillig tut", sagte Walther. „Sonst hätten wir losen müssen, und dann wärst du vielleicht dran gewesen."

Die Kinder verbargen ihre Fahrräder am Waldrand, und Milli setzte sich so, daß sie den gesamten Meisenweg überblicken konnte. Tommi beschrieb Herrn Friedlich genau.

32

„Wenn so ein Typ kommt, gibst du Alarm", sagte er zum Schluß. „Dann pfeifst du auf den Fingern!"

Milli probierte es aus, und ihre Freunde meinten, das könnten sie wohl nicht überhören.

„Wenn also dieser liebliche Pfeifton erklingt, Freunde", sagte Walther, „dann nichts wie in Deckung! Das dürfte nicht schwierig sein, denn der Garten ist total verwildert. Sobald Herr Friedlich im Hause ist, türmen wir . . . Und du versteckst dich natürlich auch, nachdem du uns gewarnt hast, Milli! Klar?" Er schob eines der Fahrräder noch ein wenig tiefer ins Gebüsch. Milli nickte.

„Jetzt kommt, los!" Tommi faßte Schräubchen bei der Hand und lief los. Als die beiden schon einige Schritte fortgegangen waren, zog Walther etwas aus der Hosentasche und drückte es Milli in die Hand. „Damit du dich nicht langweilst", murmelte er und sprang davon. Das „Danke schön" hörte er nicht mehr.

Milli sah auf die Tafel Schokolade: Trauben-Nuß. Das Wasser lief ihr im Mund zusammen, und sie nahm sich gleich ein großes Stück. Sie aß sehr gern Süßigkeiten. Walther schenkte ihr hin und wieder etwas. In Sommerberg gab es eine Keksfabrik, und sein Vater arbeitete dort – er war verantwortlich für die Hausverwaltung. Herr Roland brachte häufig Süßigkeiten mit nach Hause, doch Walther legte keinen Wert darauf.

Er ist ein netter Junge, dachte Milli, wenn er sich auch manchmal ziemlich aufspielt. Vielleicht hatte das etwas damit zu tun, daß seine Mutter fortgegangen war . . . Walther verstand sich zwar gut mit seinem Vater, aber vielleicht fehlte ihm doch etwas. Milli wußte, daß er nicht gern allein war; er hatte einmal eine Bemerkung darüber gemacht.

An dieser Stelle ermahnte sie sich, nicht nur ihre Augen auf die Straße, sondern auch ihre Gedanken auf die übernommene Aufgabe zu richten. Sie steckte noch ein Stück Schokolade in den Mund und den Rest in die Hosentasche. Denn wie sollte sie pfeifen, wenn sie den Mund voll Schokolade hatte? Die anderen verließen sich schließlich auf sie! Ob sie etwas Interessantes entdecken würden? Milli schlang ihre Arme um die Knie und genoß den süßen Geschmack auf der Zunge . . .

Gerade in diesem Augenblick erlebten ihre Freunde den ersten Schreck. – Während sie durch den Garten schlichen, entdeckten sie plötzlich, höchstens zwei Meter entfernt, im Gebüsch einen blauen Jackenärmel. Sie blieben stehen und blickten sich an. Herr Friedlich war also doch zu Hause. Er hatte sich versteckt und wollte sie nun erschrek- ken, so dachten sie.

„Pech gehabt", murmelte Tommi. Er trat vor und rief: „Bitte, schimpfen Sie nicht! Wir gehen sofort wieder."

Es kam keine Antwort. Der Jackenärmel bewegte sich nicht.

Da sprang Schräubchen vor, griff danach und zog eine blaue Leinenjacke hervor, die Herr Friedlich wohl dort aufgehängt hatte. „Dumme Strohbohnen sind wir", sagte sie. „Nele hat recht." Dann drängte sie sich durch die Büsche und legte die Jacke an ihren Platz zurück.

„Das sah aber wirklich so aus, als ob . . .", brummte Tommi. „Nachdem er mich heute mittag so angepfiffen hat, möchte ich ihm *hier* auf keinen Fall begegnen."

„Dein Wort in Gottes Ohr", sagte Walther. „Er würde uns sicher nicht herzlich begrüßen . . . Aber jetzt weiter! Folgt mir unauffällig! Ich werde euch Küken schon beschützen."

„Ja, mein Kleiner . . ." Schräubchen, die größer war als Walther, legte ihm einen Arm um die Schultern. Mit besorgter Miene flüsterte sie dann Tommi zu: „Nicht widersprechen, das sind die ersten Anzeichen von Größenwahn! Wir müssen ihn beobachten. Wenn es schlimmer werden sollte, braucht er eine starke Medizin . . ."

Es war, als hätte sie etwas geahnt, denn fünf Minuten später fiel Walther im wahrsten Sinne des Wortes herein. Und das kam so:

Die Kinder pirschten sich zur Rückseite des Hauses. Dort befand sich eine Veranda; drei Stufen führten hinauf. Und die Tür stand weit offen. Zunächst zuckten die drei zurück und warteten auf das Donnerwetter. Als nichts geschah, riefen sie: „Hallo! Ist da jemand?" Sie erhielten keine Antwort.

„So ein Leichtsinn", schimpfte Tommi und sprang nun die Stufen hinauf. „Da hat der alte Eusebius aber Glück, daß wir keine Diebe sind!"

Walther überholte ihn, hielt ihn zurück und sagte in herrischem Ton: „Ich gehe voran!"

„Warum?" Tommi riß sich los. „Ist doch piegegal . . ."

„Laß ihn", meinte Schräubchen. „Vielleicht ist die offene Tür eine Falle?"

Ihre Worte brachten Walther zwar nicht von seinem Vorhaben ab, doch er ging sehr vorsichtig weiter. Im

Türrahmen blieb er stehen und schaute ins Zimmer. Seine Augen mußten sich zunächst umstellen, denn drinnen war es dämmerig. Durch die kleinen Fenster, die außerdem mit dichten Gardinen verhangen waren, fiel nur wenig Licht herein. Und draußen wucherten Büsche und Bäume um das Haus; es war fast zugewachsen.

Als Walthers Augen sich an die veränderten Lichtverhältnisse gewöhnt hatten, sah er ein mit Möbeln vollgestelltes Zimmer. Einzelheiten konnte er nicht erkennen. Er tat einen Schritt, schrie auf, verschwand im Fußboden, und von irgendwoher ertönte ein schauerliches Gelächter, das nach einigen Sekunden verstummte.

Seine Freunde standen zunächst wie versteinert.

„Eine Falle", murmelte Schräubchen schließlich. „Hab ich's doch geahnt . . ."

„Er hat seine Medizin schon bekommen", sagte Tommi. „Hoffentlich hilft sie. Aber du wirst mir unheimlich."

„Wenn das anhält, kann ich ja Wahrsagerin werden!" Schräubchen lachte. Die beiden machten sich keine Sorgen, denn sie glaubten, Walther leicht befreien zu können. Zunächst knieten sie sich auf die Fußmatte vor der Tür und klopften.

„Deine Retter sind hier!" rief Tommi.

Sie hörten Walther rumoren. „Beeilt euch!" Seine Stimme klang dumpf und wie aus weiter Ferne. „Mein rechtes Knie ist kaputt! Es blutet."

„Bekommst du Luft?" fragte Schräubchen.

„Weiß ich nicht. Hier ist es stockfinster. So ein Mist!"

Die Kinder dachten, es müsse innen einen Griff geben, so daß Walther die Tür aufziehen könnte. Aber er fand nichts dergleichen. „Kein Knopf, kein Griff – alle Wände sind glatt", erklärte er. „Ihr müßt oben suchen!"

Schräubchen und Tommi tasteten nun die Falltür mit den Fingerspitzen ab. Die Umrisse auf dem Holzfußboden waren kaum zu sehen.

„Wir springen drüber", sagte Schräubchen.

„Und in die nächste Falle . . ." Tommi schüttelte den Kopf. „Vielleicht lauert drinnen auch ein Bluthund mit gutem Appetit. Dem Eusebius traue ich inzwischen alles zu!"

„Quatsch! Ein Hund hätte doch längst angegriffen. Wir müssen hinein!" Schräubchen erhob sich und stieg vorsichtig über die Falltür hinweg.

Tommi hielt den Atem an. Als nichts geschah, folgte er ihr.

Zunächst schauten sich die beiden im Wohnzimmer um. Es war völlig unübersichtlich: viel zu viele Möbelstücke befanden sich darin, Stapel von Büchern und Zeitschriften. Und überall lagen oder standen irgendwelche Gegenstände.

„Himmel! wie sollen wir in dem Durcheinander bloß etwas finden", rief Schräubchen verzweifelt. Trotzdem begannen die beiden zu suchen. Sie tasteten Wände und Fußleisten ab, denn sie dachten, es müsse irgendwo einen Schalter geben oder einen Hebel, womit sich die Falltür öffnen ließ. Doch sie konnten nichts entdecken.

Von unten klang dumpf Walthers Schimpfen.

„Es gibt Fernbedienungen für Garagentore und Fernsehgeräte", sagte Schräubchen plötzlich. „Ich kann mir vorstellen . . ."

„Klar!" Tommi schlug sich mit der Hand gegen die Stirn. „Suchen wir also nach etwas, das so ähnlich aussieht wie diese Dinger!"

Zunächst entdeckten die beiden jedoch etwas ganz anderes, nämlich eine große Pistole! Sie lag in einem Sessel, halb verborgen unter einem Kissen. Sie hoben es behutsam hoch, rührten aber die Pistole nicht an.

„Das ist schon alles sehr, sehr sonderbar", meinte Tommi.

Und Schräubchen stimmte ihm zu. Dann suchten sie weiter.

„Hier ist ein schwarzes Kästchen mit einem roten Knopf", rief Schräubchen wenige Minuten später. Sie stand vor einem mit allen möglichen Dingen vollgestopften Regal.

Tommi ging zu ihr. „Drück auf den Knopf", sagte er. „Aber machen wir uns darauf gefaßt, daß etwas passiert! Vielleicht explodiert das ganze Haus."

„Glaube ich nicht", erwiderte Schräubchen. „Eusebius mag ja ein seltsamer Mann sein, aber dumm ist er bestimmt nicht." Dann drückte sie auf den roten Knopf . . .

Da die beiden hofften, die Falltüre würde sich öffnen, schauten sie dorthin. Ein knarrendes Geräusch veranlaßte sie, sich wieder umzuwenden. Neben dem Regal stand ein schmaler, hoher Schrank, dessen Tür nun langsam aufschwang. Drinnen befand sich ein Skelett, das allmählich rötlich zu leuchten begann. Gleichzeitig bewegte es sich, und die Knochen klapperten. Die Kinder erschraken, faßten sich aber schnell wieder.

„Das ist ja eine richtige Gruselkammer hier", sagte

Schräubchen. „Eine Falltür, eine Riesenpistole, ein Knochengerüst im Schrank – ein merkwürdiges Hobby hat der
Mann!"

Sie drückte abermals auf den roten Knopf – die Beleuch-
tung erlosch, die Bewegungen des Skeletts wurden schwä-
cher, die Tür schloß sich wieder.

„Ein Glück, daß Milli nicht hier ist", meinte Tommi. „Sie
wäre schreiend fortgerannt!"

Was nun? Wie konnten sie TH befreien? Die beiden
überlegten.

„Der Sicherungskasten", rief Tommi auf einmal.

„Junge, du bist Klasse!" Schräubchen versetzte ihm einen
Rippenstoß. „Los, komm!"

Sie fanden den Sicherungskasten im Flur neben der
Haustür; er war aus Metall und abgeschlossen. Sie suchten
den Schlüssel an einem der üblichen Plätze, aber er lag
weder unter der Fußmatte noch oben auf dem Kasten.

„Jetzt gebe ich auf", sagte Schräubchen. „Wir holen Milli
und warten auf Herrn Friedlich. Er wird schimpfen und
uns hinauswerfen – das überstehen wir leicht."

Die beiden gingen ins Wohnzimmer zurück und erklärten Walther, was sie beschlossen hatten. Er tobte und
meinte, bis dahin sei er sicher erstickt.

„Dann sei sparsam mit der Luft und hör auf zu schreien",
rief Tommi.

„Idioten seid ihr!" erwiderte Walther. „Ich hätte die Tür
bestimmt längst aufbekommen!"

„Die Medizin hat nicht geholfen", sagte Schräubchen.

„TH bekommt allmählich Angst, und deshalb ist er so
wütend", flüsterte Tommi. Obwohl die beiden es nicht

zugeben wollten, ärgerten sie sich doch über Walthers Bemerkung.

Vielleicht wäre ihm ja wirklich etwas eingefallen?

Schräubchen starrte die Falltür an, als ließe sie sich auf diese Weise öffnen.

„Wenn wir etwas Schweres draufstellen . . .“

Weiter kam Tommi nicht, denn Walther rief aufgeregt: „Dann kriege ich das Ding auf den Kopf und bin k.o.“

Schräubchen widersprach und meinte, die Idee sei nur ein wenig entwicklungsbedürftig. Dann erklärte sie den Jungen, wie sie sich die Sache dachte.

„Toll! Ehrlich!“ Tommi blickte die Freundin bewundernd an.

„Ich weiß nicht . . . Die Tür ging sehr schnell wieder zu“, gab Walther zu bedenken.

„Wir müssen uns eben beeilen. Hör auf zu meckern, sonst hauen wir ab. Also, ich zähle bis drei. Macht euch bereit!“ Schräubchen ging auf die Veranda. Tommi nahm eine stabile Fußbank in die Hände und kniete neben der Falltür nieder.

„Eins – zwei – drei!“ Schräubchen trat auf die Falltür, die sich augenblicklich zu senken begann. Und wieder ertönte das schauerliche Gelächter. Niemand hatte mehr daran gedacht, und Schräubchen erschrak so, daß sie abrutschte – dank ihrer sportlichen Fähigkeiten gelang es ihr jedoch, sich noch mit einem Schwung auf festen Boden zu retten. Sie wandte sich sofort um und streckte Walther die Hände entgegen. Doch der stellte sich ziemlich ungeschickt an, und schon schloß sich die Tür langsam wieder.

„Los, TH! Du schaffst es“, keuchte Schräubchen.

„Nein, ich habe keine Lust, mir ein Bein abquetschen zu lassen", rief Walther.

Tommi klemmte den Schemel in den Spalt und glaubte, die Tür damit aufhalten zu können; doch er zerbarst krachend zwischen den Stahlrahmen. Da ließ er das Stück Schemel los, das sich noch in seinen Händen befand, und riß Schräubchen zurück. Mit einem unangenehm saugenden Geräusch schloß sich die Falltür.

„Mamma mia", sagte Tommi atemlos. Er hatte kaum ausgesprochen, da ertönte das Warnsignal!

„Milli hat gepfiffen!" rief Schräubchen. „Soll Tommi sich nicht verstecken? Uns kennt er nicht. Wir kommen vielleicht mit der Ausrede durch, daß wir einen Klassenkameraden suchen . . . Was meinst du, TH?"

Abermals erklang Millis Pfiff.

„Er soll verschwinden", antwortete Walther.

„Gut", Tommi nickte. „Wir treffen uns am Waldrand bei Milli." Dann flitzte er davon.

Eine unangenehme Lage

Tommi traf Milli schon viel früher, denn inzwischen war folgendes geschehen . . .

Milli saß da und beobachtete die Straße. Auf einmal ging ein Herr dicht an ihr vorüber. Er kam aus dem Wäldchen, und sie hatte ihn nicht kommen hören. Erschrocken blickte sie ihm nach. Er ging langsam und geradewegs auf das Haus Nummer 5 zu. Sie erinnerte sich an die

Beschreibung und begriff, daß es Eusebius Friedlich war! Sofort gab sie das Warnsignal.

Da wandte sich Herr Friedlich um und sagte:

„Ach, so habt ihr euch das gedacht! Los, aufstehen! Du kommst mit.“

„Ich gehe nicht mit Fremden“, antwortete Milli forsch, obwohl ihr keineswegs so zumute war.

„Da deine Freunde dort drinnen sind“, Herr Friedlich zeigte mit dem Stock auf sein Haus, „wirst du ja wohl eine Ausnahme machen können. Also – darf ich bitten, gnädiges Fräulein?“ Er streckte eine Hand aus, um ihr beim Aufstehen zu helfen. Milli beachtete sie nicht und sprang auf. Sie war verwirrt. Er mußte alles beobachtet haben. Da ihr nichts anderes einfiel, folgte sie Herrn Friedlich.

Auf der Straße pfiff sie noch einmal. Vielleicht konnten ihre Freunde sich noch, wie geplant, verstecken? Warum hatte sie sich nicht dumm gestellt und behauptet, sie säße einfach nur da? Verflixt! Er hatte sie überrumpelt! Milli blieb stehen und überlegte, ob sie fortrennen sollte. Doch Herr Friedlich hatte inzwischen das Gartentor aufgeschlossen und schob sie hindurch, bevor sie sich wehren konnte. Er ist ziemlich stark, dachte sie verwundert und spürte, daß sie ein wenig Angst bekam. Aber ihre Freunde waren ja in der Nähe, und sie konnte sie zu Hilfe rufen. Zu viert würden sie schon mit ihm fertig werden. Es sei denn, er hätte eine Waffe. Bei diesem Gedanken stockte Milli der Atem.

Herr Friedlich hielt sie mit eisernem Griff am Oberarm und führte sie neben sich her. Die ganze Zeit über hatte sie schon etwas Hartes in seiner Manteltasche gespürt. Sie schielte vorsichtig hin. Es könnte wirklich eine Waffe sein, überlegte sie, nahm all ihren Mut zusammen, griff mit der freien Hand in die Manteltasche – und zog ein Fernglas heraus . . .

Überlegen lächelnd blickte Herr Friedlich auf Milli herunter und erkundigte sich, ob sie gedacht habe, daß es eine Pistole sei?

Sie ärgerte sich darüber, daß er sie durchschaut hatte. „Nein! Ich dachte, es wäre . . . ein Kaninchen", antwortete sie patzig.

„Oh, wenn du eins haben möchtest, dann zaubere ich eins für dich herbei! Komm nur mit ins Haus", sagte Herr Friedlich. Er lachte dabei, aber auf eine unheimliche Art. Jedenfalls empfand Milli es so und fragte sich, ob sie ihre Freunde nicht jetzt schon zu Hilfe rufen sollte. Doch die Entscheidung wurde ihr abgenommen, denn in diesem Augenblick kam Tommi um die Hausecke gerannt und prallte mit ihr zusammen.

„Schon wieder dieser Carotti!" rief Herr Friedlich. „Was, zum Teufel, willst du von mir?"

„Ich konnte euch nicht eher warnen", sagte Milli entschuldigend. „Er kam hinter meinem Rücken aus dem Wald."

„Du brauchst dir keine Vorwürfe zu machen." Tommi seufzte. „Ich wollte dich gerade holen. Wir hätten sowieso auf Herrn Friedlich gewartet."

„Warum?" Milli blickte ihn erstaunt an.

Herr Friedlich nahm ihr das Fernglas ab und steckte es wieder in seine Manteltasche. „Das bereden wir alles später gemeinsam", sagte er. „Jetzt befreien wir zuerst einmal das

Mäuschen aus der Falle. Es ist sicher schon halb verrückt vor Angst."

„Welches Mäuschen? Was meint er damit?" fragte Milli.

„TH", erwiderte Tommi und grinste ein wenig.

„Nun geht schon!" Herr Friedlich schob die beiden Kinder vor sich her.

Schräubchen war so überrascht, als die drei ankamen, daß sie nur ein verlegenes „Grüß Gott" herausbrachte.

„Ist der vierte da drin?" Herr Friedlich zeigte auf die Falltür.

Tommi und Schräubchen nickten. Und Walther rief von unten: „Jaaa!"

Aufgeregt drehte Milli den Kopf hin und her. „Um Himmels willen, wo ist er?"

„Ich sollte euch der Polizei übergeben", sagte Herr Friedlich. „Ihr habt mein Haus ohne Erlaubnis betreten, Zerstörungen angerichtet . . ." Er wies auf den zerbrochenen Schemel. „Wahrscheinlich wolltet ihr mich bestehlen . . ."

Die Kinder protestierten, und Tommi leierte die verabredete Ausrede herunter. „Wir haben geklingelt, und als niemand kam, sind wir übers Tor geklettert."

„Wir wollten nur nachsehen, ob . . . Fritz nicht doch hier wohnt", fügte Schräubchen hinzu. „Die Verandatür stand offen, ja, und dann ist TH auf die Falltür getreten . . ."

„Und bei dem Versuch, ihn herauszuholen, ist der Schemel zerbrochen?" fragte Herr Friedlich.

„Ja." Tommi und Schräubchen nickten kleinlaut.

„Eine Falltür – ist ja irre", murmelte Milli, die von einer Verwirrung in die nächste gestürzt wurde.

„Die Geschichte klingt nicht schlecht", meinte Herr Friedlich, „und ich würde sie sogar glauben, wenn nicht dieser Carotti dabei wäre . . . Er ist mir heute schon einmal nachgestiegen!"

Darauf erklärte Tommi mit treuherziger Miene, es handle sich um dumme Zufälle. Er habe nicht beabsichtigt, Herrn Friedlich zu verfolgen. Warum denn wohl auch? Und woher, bitte schön, habe er denn wissen sollen, wo er wohne? Dieser kleine Streit von heute mittag sei längst vergessen.

„Oder", sagte Schräubchen und blickte den alten Herrn durchdringend an, „haben Sie etwa einen Grund anzunehmen, daß Sie verfolgt werden?"

„Nun reicht's mir aber! Ihr wollt wohl den Spieß umdrehen?" Herr Friedlich wurde böse. „Ich habe keine Veranlassung, euch mein Verhalten zu erklären – so merkwürdig es auch sein mag. Im übrigen – die Geschichte von eurem Freund Fritz ist von vorn bis hinten erfunden. Wenn ihr wirklich nur nachsehen wolltet, ob er doch hier wohnt, brauchtet ihr keinen Wachtposten zurückzulassen und auch kein Warnsignal zu vereinbaren."

Alle Achtung, dachten Tommi und Schräubchen. Doch sie blieben bei ihrem Schwindel.

„Wachtposten? Warnsignal?" riefen sie so erstaunt, als habe Herr Friedlich von etwas Unerhörtem gesprochen. Aber das beeindruckte ihn überhaupt nicht. Er zeigte nur auf Milli und sagte: „Sie saß gegenüber meinem Haus am Waldrand und hat gepfiffen, um euch zu warnen."

„Das sehen Sie falsch", erklärte Tommi. „Erstens: Sie möchte lernen, auf den Fingern zu pfeifen, und übt bei jeder passenden und unpassenden Gelegenheit. Zweitens: Sie sollte auf unsere Fahrräder aufpassen . . . Oh, hoffentlich werden sie inzwischen nicht geklaut!"

„Tommaso Carotti", sagte Herr Friedlich, und seine hellen Augen blickten zornig, „mir scheint, du hältst mich für einen alten Trottel . . ."

In diesem Augenblick begann Walther zu toben und schrie ein ums andere Mal: „Ich will raus!"

„Du gibst mir das Stichwort." Herr Friedlich nickte. „Ihr verschwindet jetzt alle vier schleunigst von meinem Grundstück." Dann stieg er vorsichtig über die Falltür hinweg und ging durchs Wohnzimmer in den Flur; die Tür zog er hinter sich zu. Die Kinder hörten Schlüsselgeklirr, und kurz darauf öffnete sich die Falltür. Eilig zogen sie Walther herauf.

„Hinaus!" befahl Herr Friedlich von der Tür her. „Und laßt euch nicht wieder hier blicken! – Ich mag keine Kinder."

„Aha! Das ist interessant", sagte Walther – er war sofort wieder ganz bei der Sache. Nicht nur Herr Friedlich, sondern auch seine Freunde wunderten sich über diese Bemerkung. Schräubchen wollte gerade fragen, was denn daran so interessant wäre, als Walther fortfuhr zu fragen.

„Dann mögen Sie wohl auch keine Tiere?"

„Richtig geraten."

„Das dachte ich mir." Walther nickte. Und nun begriffen auch seine Freunde.

„Sind Sie reich?" erkundigte sich Schräubchen.

„Nein." Herr Friedlich schüttelte den Kopf. „Eine Erpressung lohnt sich nicht."

„Das ist aber sehr, sehr merkwürdig", sagte Walther.

„Was meinst du?"

„Daß Sie von Erpressung sprechen."

„Wieso? Das ist doch heute in Mode", erwiderte Herr
Friedlich.

„Womit könnten wir Sie denn erpressen?" fragte Milli.
„Darf niemand wissen, daß es in Ihrem Haus eine Falltür
gibt?"

„Und ein klapperndes Knochengerüst im Schrank", fügte
Tommi hinzu.

„Und eine riesige Pistole", rief Schräubchen.

„Ah! Ihr habt also herumgeschnüffelt!" Nun war Herr
Friedlich restlos verärgert. „Es geht niemanden etwas an,
wenn ich aus meinem Haus ein Museum mache." Er
öffnete die Tür.

„Ihr geht vorn hinaus! Ich möchte nicht, daß ihr noch
einmal durch den Garten strolcht."

Die Kinder gehorchten und gingen durch den Flur zur
Haustür. Auf der Treppe, die ins Obergeschoß führte,
stand ein Korb voll grüner Äpfel. Ohne jede Erklärung
reichte Herr Friedlich jedem einen davon. Er wirkte ein
wenig verlegen . . .

Die vier sagten „danke" und „auf Wiederehen".

„Bitte", antwortete Herr Friedlich, und: „Auf das Wie-
dersehen lege ich keinen Wert . . ." Dann begleitete er die
Kinder bis auf die Straße und verschloß das Gartentor
hinter ihnen wieder.

Saure Äpfel
und ein süßes Herz

„Ob die vergiftet sind?" fragte Milli und betrachtete den blanken Apfel in ihrer Hand.

„Du meinst, wer dreitausend Fische umbringt, dem kommt es auf vier Kinder auch nicht mehr an?" Walther beroch seinen Apfel. „Wenn er der Täter ist, kann er jetzt zumindest vermuten, daß wir ihn verdächtigen . . ."

„Es war nur ein Scherz", rief Milli. „Ich kann mir nicht vorstellen, daß Herr Friedlich so etwas tun könnte."

„Kannst du dir denn vorstellen, daß er ein Erpresser ist und die Zoohandlung zerstört hat?" fragte Schräubchen.

„Nein." Milli schüttelte den Kopf.

„Eben", sagte Schräubchen. „Weil Verbrecher nicht wie Verbrecher aussehen. Daran müssen wir immer denken. Und wir dürfen Herrn Friedlich nicht unterschätzen."

Die Pizza-Bande ließ sich am Waldrand nieder, um die Lage zu besprechen.

„Aber zuerst will ich wissen, was damit los ist." Schräubchen biß herzhaft in ihren Apfel. „Laßt mich sofort ins Krankenhaus bringen, wenn ich umfallen sollte", nuschelte sie und verzog das Gesicht. „Schmeckt wie Essig! Trotzdem werde ich ihn aufessen."

Tommi wollte sie davon abhalten, doch es gelang ihm nicht. „Manchmal finde ich es schrecklich, daß du so mutig bist", sagte er.

„Das ist kein Mut, sondern Leichtsinn", meinte Walther.

Die Kinder waren immerhin so verunsichert, daß sie Schräubchen aufmerksam beobachteten. Als der Apfel aufgegessen und nur noch das Gehäuse übrig war, hatte sie immer noch keine Beschwerden.

„Die sind bloß sauer – weiter nichts", erklärte sie. „Der Verdacht ist also erledigt. Eusebius müßte ja auch wahnsinnig sein, um so etwas zu tun."

„Aber vielleicht ist er das, und es hat bis jetzt noch niemand gemerkt", sagte Walther. „Bei manchen Menschen fällt das erst dann auf, wenn sie einmal etwas Scheußliches tun."

„Die Aquarien in einer Zoohandlung zerschlagen oder vier Kinder mit vergifteten Äpfeln umbringen zum Beispiel", rief Tommi. Es befriedigte ihn, daß die Freunde seinen Verdacht nun teilten. Gründe gab es genug, meinten alle . . .

Warum achtete er so sehr darauf, ob er verfolgt wurde? Er besaß ein Fernglas. Wozu? Warum beobachtete er sein eigenes Haus? Erwartete er jemanden? Vielleicht hatte er früher zu einer Gangsterbande gehört und sich hier zur Ruhe gesetzt? Fürchtete er sich aus irgendeinem Grunde vor der Rache seiner früheren Kumpane? Besaß er deshalb eine Pistole? Und was bedeuteten die Falltür und der Schrank mit dem Skelett?

„Das könnte nur ein Hobby sein", gab Walther zu bedenken.

Seine Freunde stimmten ihm zu, meinten aber, das koste sicher viel Geld, und deshalb sei er möglicherweise doch der Erpresser.

„Und er mag weder Kinder noch Tiere", sagte Milli mit bedeutungsvollem Blick in die Runde.

Nachdem sie über eine halbe Stunde lang alles beraten hatten, waren sich die vier Freunde einig: Eusebius Friedlich mußte beobachtet werden! Da er sie nun alle kannte, mußten sie sehr vorsichtig sein. Sie beschlossen, daß jeweils nur einer oder höchstens zwei ihm folgen sollten. Falls sie erwischt wurden, wollten sie sich dumm stellen.

„Und jetzt muß ich gehen", rief Schräubchen nach einem Blick auf die Uhr und sprang auf. „Wenn ich zum Abendessen nicht zu Hause bin, gibt's Ärger! Ihr wißt ja, mein Vater ist ziemlich streng."

„Ich muß auch heim." Milli stand ebenfalls auf. „Ich habe noch einiges zu tun." Sie half immer viel zu Hause und hatte deshalb oft keine Zeit, sich mit ihren Freunden zu treffen. Aber die Arbeit machte ihr Freude, und die anderen zeigten Verständnis dafür.

„Ich begleite dich", sagte Walther. „Ich habe Zeit. Mein Vater kommt heute später. Er trifft sich mit Freunden."

„Möchtest du bei uns zu Abend essen?" fragte Milli.

„Ja, gern!" Walther strahlte. Er fühlte sich immer sehr wohl auf dem Maierhof und half dort auch gelegentlich.

„Aus den beiden wird noch mal ein Paar!" Tommi stieß Schräubchen mit dem Ellbogen in die Rippen. „Ich seh das schon kommen . . . Eines Tages wird TH die Kühe auf dem Maierhof herumkommandieren, nachts die Hühner belauern und beim Pflügen auf den Äckern nach vergrabenen Schätzen suchen. Einmal in der Woche wird er, als Detektiv verkleidet, mit eurem Hund durch den Wald gehen und kontrollieren, ob noch alle Bäume da sind."

Walther wurde rot, brummte etwas Unverständliches und begann die Fahrräder aus dem Versteck zu zerren. Ein Glück, daß er Milli die Schokolade heimlich zugesteckt hatte! Und wenn Tommi erst wüßte, was sich in seiner rechten Hosentasche befand . . . Hoffentlich war es heil geblieben! Es handelte sich um ein gefülltes Schokoladen-herz, in durchsichtiges Papier gehüllt, auf dem mit rosaro-ter Glasur geschrieben stand: *Du*.

Milli dagegen ließ sich durch solche Bemerkungen nicht aus der Fassung bringen. „Na und? Bist du neidisch?" fragte sie freundlich.

„Nein, nein!" rief Tommi.

Und alle glaubten ihm, denn er hatte Angst vor Tieren. Wenn er einmal auf dem Maierhof war, bewegte er sich immer sehr vorsichtig. Seine Freunde zogen ihn natürlich auf, wenn er sich einem Huhn gegenüber benahm, als sei es ein Krokodil.

Die Kinder machten sich nun auf den Weg. Sie verabrede-ten, sich am nächsten Morgen mindestens zwanzig Minu-ten vor Unterrichtsbeginn auf dem Schulhof zu treffen. Walther wollte eine Zeitung mitbringen. Dann trennten sie sich. Tommi und Schräubchen fuhren hinunter in die Stadt, Milli und Walther zum Maierhof, der ungefähr zwei Kilometer außerhalb lag.

Sobald sie allein waren, verstummte Walther. Was sollte er sagen, wenn er Milli das Herz gab? Dies war etwas anderes als eine Tafel Schokolade . . . Und wie würde sie darauf reagieren?

„Bist du plötzlich taub geworden?" rief Milli. „Ich habe dich schon dreimal dasselbe gefragt!"

Walther bat um Entschuldigung und erklärte, er müsse über etwas Wichtiges nachdenken.

Da ließ Milli ihn in Ruhe.

Das Schokoladenherz blieb in Walthers Hosentasche. Er brachte es nicht fertig, es offen zu übergeben. In einem unbeobachteten Augenblick lief er später in Millis Zimmer und legte es auf ihr Kopfkissen. So würde sie es finden, wenn sie schlafen ging, und wissen, daß es von ihm war.

Die Polizei bittet um Mitarbeit

Wie verabredet, traf sich die Pizza-Bande am nächsten Morgen auf dem Schulhof. Walther hatte den Artikel bereits gelesen und gab Tommi die Zeitung.

„Das ist eine ganz große Gemeinheit", sagte er.

Darauf zog Milli ihn ein wenig beiseite und flüsterte: „Danke schön. Du bist sehr lieb!"

„Warum flüstert ihr?" fragte Schräubchen.

„Es handelt sich um eine ganz private Sache", erwiderte Milli.

Tommi grinste. „Ich wette, die zwei haben sich gestern abend heimlich verlobt!"

„Ich sag dir jetzt was . . ." Milli blickte ihn ernst an. „Hör auf, solche Bemerkungen zu machen. Mich stört das ja nicht, aber TH. Und ich meine, unter guten Freunden sollte man Rücksicht auf so was nehmen."

„Schon gut, Frau Lehrerin. Ich stelle meinen Computer darauf ein." Tommi tippte mit den Fingern über seine Stirn, als schreibe er etwas. Dann las er den Artikel aus der Zeitung vor.

Zunächst wurde die Verwüstung der Zoohandlung im einzelnen beschrieben. Dann hieß es weiter: „Auch die Kasse wurde aufgebrochen; sie enthielt für fünfzig Mark Wechselgeld, das entwendet wurde. Die Täter legten einen Zettel in die Schublade, auf dem in kindlicher Schrift steht: *Damit ihr set, daß wier es ernst meinen.* Wie sich nun herausgestellt hat, gibt es dazu eine Vorgeschichte.

Der Inhaber, Herr Moos, hat vor ungefähr vier Wochen einen Erpresserbrief erhalten. Aufgrund der kindlichen Schrift und der vielen Fehler nahm er an, daß es sich um einen Dummejungenstreich handelte, und warf den Brief fort. Herr Moos glaubt, daß der jetzt aufgefundene Zettel von der gleichen Person geschrieben wurde. Den Inhalt des Briefes gibt er aus dem Gedächtnis wie folgt an: Er wurde aufgefordert, hunderttausend Mark zu bezahlen. Andernfalls würde er etwas Schreckliches erleben. Er sollte das Geld, in einen Seesack verpackt, drei Tage nach Erhalt der Nachricht, um Mitternacht abliefern, und zwar am Eingang der unbewohnten Burg, die in der Nähe der Stadt liegt.

Herr Moos erinnert sich nur an den Schlußsatz genau. Er lautete: *Wen du zur Polizei gest, knallen wier dich ab.*

Ob die Schrift verstellt und die Fehler absichtlich gemacht worden sind, um den Verdacht in eine falsche Richtung zu lenken, darüber läßt sich im Augenblick noch nichts sagen."

„Eusebius Friedlich", murmelte Walther.

„Fingerabdrücke wurden nicht gefunden – der Täter muß Handschuhe getragen haben", las Tommi weiter. „Gehört hat auch niemand etwas. Links und rechts neben der Zoohandlung befinden sich andere Geschäfte und im ersten Stock nur Büroräume. Die zu den Wohnungen in der 2. und 3. Etage gehörenden Schlafzimmer liegen zur Hofseite.

Die Polizei bittet die Bevölkerung um Mitarbeit. Hinweise nimmt das Polizeirevier 13 auf der Hauptstraße entgegen."

„Das hatten wir ohnehin schon beschlossen", sagte Walther. „Aber ich finde es trotzdem nett, daß sie uns noch einmal ausdrücklich auffordern. Darauf können wir uns dann berufen, wenn es Schwierigkeiten geben sollte."

„Hast du den letzten Satz überhört?" fragte Tommi.

„Tja, Herr Inspektor", Walther blickte eulenhaft durch seine Brille, „die Sache ist nämlich so: Wir haben zwar den Erpresser gefunden, aber die zwei Mädchen und ich – wir können nicht lesen und sind sowieso ein bißchen doof . . . Der da", er wies auf Tommi, „hätte beinahe alles verpatzt! Aber er hat ein helles Köpfchen, denn er kann lesen. Und er hat uns nur gesagt, daß die Polizei um Mitarbeit bittet!"

Seine Freunde lachten, und Schräubchen meinte: „Ich wußte gar nicht, daß er solche Späße machen kann. Hat er vielleicht an Vaters Bierflasche gerochen?" Sie schnupperte an Walthers Nase. „Nein, etwas anderes muß ihm zu Kopf gestiegen sein." Ihr Blick fiel auf Milli. „Oh, du hast ihm vorhin wohl was besonders Nettes geflüstert . . ."

Tommi unterbrach sie. „Es ist höchste Zeit! Wir sind die

letzten", mahnte er.

Die Kinder eilten nun in ihre Klassenräume. In der großen Pause unterhielten sie sich weiter. Walther meinte, der Erpresser würde den Versuch jetzt wahrscheinlich bei einer anderen Firma wiederholen.

„Und man kann nichts dagegen tun", sagte er düster.

„Schrecklich!" Milli nickte. „Vielleicht entführt er das nächste Mal jemanden, damit er das Geld auch bestimmt bekommt."

„Wie kommst du denn auf die Idee?" riefen die anderen gleichzeitig.

„Ich weiß nicht", erwiderte Milli. „Ich dachte gerade an dieses unheimliche Haus . . . am Meisenweg. Ein besseres Versteck kann ich mir kaum vorstellen."

„Womit wir also wieder bei Eusebius Friedlich gelandet wären", stellte Walther fest.

„Es gefällt mir nicht, daß ihr so tut, als käme nur er in Frage", sagte Schräubchen. „Wenn es sich herausstellen sollte, daß er nur ein harmloser alter Mann ist, stehen wir dumm da . . ."

„Meine Damen und Herren, Sie sahen soeben einen temperamentvollen Querschuß von Stephanie Wagner." Tommi sprach wie ein Sportreporter. „Sie ist ja berühmt für ihre Querschüsse, die allerdings nicht immer ihr Ziel erreichen."

Nun war Schräubchen gekränkt. Sie preßte die Lippen zusammen und blickte auf ihre Fußspitzen.

„Komm, alte Schreckschraube", sagte Tommi und legte ihr einen Arm um die Schultern. „Ich wollte doch heute nachmittag mit dir den Eusebius beobachten. Vielleicht entdecken wir etwas Tolles."

„Das ist gut", rief Milli. „Ich habe nämlich heute keine Zeit."

„Ich auch nicht", erklärte Walther und verzog das Gesicht. „Ich muß spülen, staubsaugen und einkaufen. Ihr wißt ja ..." Er versorgte mit seinem Vater allein den Haushalt und war heute morgen gemahnt worden, seinen Teil zu erledigen. „Wie hast du es dir denn gedacht?" fragte er.

„Herr Friedlich kommt gewöhnlich spät zum Essen und geht erst zwischen zwei und drei Uhr wieder", antwortete Tommi. „Schräubchen ißt bei uns, und dann können wir ihn von der Pizzeria aus leicht verfolgen! Er hat sie doch nur einmal gesehen. Sie ist heute auch anders angezogen als gestern. Wenn sie eine Sonnenbrille aufsetzt, wird er sie bestimmt nicht erkennen. Ich halte mich ganz zurück ..."

„Ich muß zum Mittagessen nach Hause", sagte Schräubchen.

„Du rufst deine Mutter an und fragst, ob du heute mit zu mir gehen darfst, weil ... weil du deine Aufgaben nicht allein machen kannst", schlug Milli vor, die im Gegensatz zu ihr sehr gut in der Schule war.

„Das ist eine prima Ausrede", meinte Schräubchen. „Denn meine Eltern sind nicht begeistert davon, daß ich nur eine gute Sportlerin bin."

Eusebius stiehlt

Es verlief alles wie geplant. Einerseits mißtraute Frau Wagner zwar dem plötzlichen Lerneifer ihrer Tochter, doch andererseits begrüßte sie ihn und versprach, dem Vater ihr Fernbleiben so zu erklären, daß er es gut aufnahm.

Schräubchen, die von einer Telefonzelle aus angerufen hatte, folgte Tommi nun beruhigt. Sie ging durch den Torweg und den Lieferanteneingang, er durchs Restaurant. In der Küche trafen sie sich wieder.

Herr Friedlich hatte gerade erst begonnen, seine Vorspeise zu essen . . . „Wir haben also mindestens eine halbe Stunde Zeit", sagte Tommi.

Seine Mutter füllte drei Teller mit Nudeln, goß extra viel Tomatensoße darüber und schickte die beiden in die Wohnung, wo sie gemeinsam mit Nele essen sollten. Die freute sich über Schräubchens Besuch. Doch als sie hörte, daß die beiden schon bald wieder fortgehen und sie nicht mitnehmen wollten, wurde sie sehr unangenehm.

„Wir wollen einen Mann beobachten, der vielleicht etwas ganz Scheußliches getan hat", sagte Tommi. „Und das ist sehr gefährlich!"

„Warum wollt ihr einen scheußlichen Mann beobachten?" fragte Nele. „Es wäre doch viel schöner, wenn wir zusammen spielen könnten!"

Tommi zwang sich, ruhig zu bleiben, und versprach, ihr

alles haarklein zu erzählen, was sie erlebt hatten. Damit gab sich Nele dann zufrieden.

Sobald sie ihre Teller leer gegessen hatten, machten sich Tommi und Schräubchen auf den Weg, um Herrn Friedlich nur ja nicht zu verpassen. Sie überzeugten sich davon, daß er noch im Lokal saß, und dann ging jeder auf seinen Posten. Schräubchen setzte Tommis Sonnenbrille auf, lehnte sich an die Linde, die an der Hausecke stand, und sah gelangweilt in die Gegend.

Der Eingang zur Pizzeria lag am anderen Ende des Hauses. Tommi blieb im Torweg und behielt Schräubchen von dort aus im Auge. Sobald Herr Friedlich herauskam, würde sie ihm winken; auf das Pfeifen als Signal hatten sie bewußt verzichtet.

Nach zehn Minuten ungefähr sah Schräubchen Frau Carotti mit einer Einkaufstasche aus der Tür kommen. Sie schien sehr aufgeregt, schimpfte vor sich hin und drehte sich einige Male um, als erwarte sie, daß ihr jemand folgte. Kurz darauf erschien Herr Friedlich, in der einen Hand seinen Stock, in der anderen eine große, volle Plastiktüte. Er ging nach links, genau wie Tommi es vorausgesagt hatte. Schräubchen gab das verabredete Handzeichen und folgte ihm. Er ging gemächlich, aber so, als hätte er ein Ziel. Dieser Eindruck bestätigte sich bald, denn er betrat das Postamt. Vielleicht wollte er nur Briefmarken kaufen? Aber vielleicht gab es auch etwas Interessantes zu sehen! Schräubchen sah sich nach Tommi um, konnte ihn jedoch nicht entdecken. Sie winkte von der Tür aus noch einmal, um ihn aufmerksam zu machen. Als sie den Schalterraum betrat, drehte Herr Friedlich, der an der Paketannahme stand, den Kopf und sah sie an. Doch sie interessierte ihn offenbar nicht, denn er wandte sich sofort wieder ab.

Es waren zwei Schalter geöffnet, und vor beiden hatten sich Schlangen gebildet. Schräubchen stellte sich an der längsten an. Sie konnte Herrn Friedlich von diesem Platz aus gut beobachten. Und sie sah etwas Erstaunliches, Unerklärliches: Er schüttete viele Päckchen aus der Plastiktüte auf den Schaltertisch. Mindestens zehn Stück, schätzte sie. Die Päckchen sahen aus, als seien Geschenke darin. An wen wurden sie geschickt? Es mußten verschiedene Empfänger sein, sonst hätte er ja ein großes Paket machen können. Schade, daß sie nicht hingehen und einen Blick auf die Adressen werfen konnte . . .

Es dauerte ziemlich lange, bis all die Päckchen angenommen waren. Inzwischen kam Schräubchen an die Reihe. Sie kaufte eine Briefmarke und verließ das Postamt. In der Nähe befand sich eine Bushaltestelle, und sie mischte sich unter die Wartenden.

Von Tommi war nichts zu sehen. Hatte er sie etwa allein gelassen? Aber warum sollte er? Schräubchen vergaß diese Gedanken und verbarg sich rasch hinter einer dicken Frau mit vielen Einkaufstüten, denn soeben verließ Herr Friedlich das Postamt.

Er blieb vor dem Eingang stehen, faltete sorgfältig die Plastiktüte zusammen und steckte sie ein. Er trug einen leichten, weiten Sommermantel. Dann kontrollierte er alle Taschen, als wolle er sich überzeugen, daß er nichts verloren habe. Es schien alles in Ordnung. Auf seinen Stock gestützt, blickte er nun nach rechts und links. War er unschlüssig, wohin er sich wenden sollte, oder wollte er prüfen, ob er verfolgt wurde? Schräubchen zog den Kopf ein.

Schließlich entschloß sich Herr Friedlich, ging weiter in Richtung Bahnhof und in das nächste Kaufhaus. Dort konnte sich Schräubchen ziemlich nah an ihn heranpirschen, denn es herrschte viel Betrieb. Es war Ende Mai und ein schöner Tag, so recht geeignet zum Einkaufen.

Herr Friedlich blieb häufig stehen, betrachtete die ausgestellten Waren, nahm etwas in die Hand und legte es wieder zurück. Nun befand er sich in der Süßwarenabteilung. Er griff nach einer Tüte Gummibärchen, ließ sie in einer Manteltasche verschwinden – und ging ruhig davon . . .

Schräubchen traute ihren Augen nicht. Sie mußte sich geirrt haben! Aufgeregt verfolgte sie ihn weiter . . .

Er stahl noch eine Armbanduhr, eine Packung Briefpapier und ein Paar Damenstrümpfe. Er machte es so geschickt, daß außer Schräubchen niemand etwas bemerkte. Sie brannte darauf, Tommi ihre Beobachtungen mitzuteilen, doch sie mußte sich noch etwas gedulden.

Nach der letzten Aktion verließ Herr Friedlich rasch das Kaufhaus und spazierte weiter bis zu einem kleinen Park, wo er sich niederließ. Eine Weile betrachtete er die Vorübergehenden, dann holte er eine Zeitung hervor und begann zu lesen.

Schräubchen zog sich so weit zurück, daß sie ihn gerade noch durch die Büsche sehen konnte. Eine niedrige Mauer grenzte den Park vom Bürgersteig ab. Sie setzte sich darauf, winkte mehrmals und hoffte, daß Tommi es sehen und zu ihr kommen würde. Tatsächlich erschien er kurz darauf.

„Na, hast du etwas entdeckt?" fragte er.

„Und ob! Halt dich fest", erwiderte Schräubchen. „Eusebius stiehlt!"

„Waaas?" Tommi, der sich neben sie gesetzt hatte, sprang wieder auf. Sie zog ihn herunter, zeigte ihm, wo sich Herr Friedlich jetzt befand, und berichtete dann.

Tommi staunte sehr. Er fand weder für die vielen Päckchen noch für die Diebstähle eine Erklärung.

„Vielleicht ist er ein . . .", Schräubchen runzelte die Stirn, „. . . verflixt, wie hieß das Wort? Ah, jetzt hab' ich's: Kleptomane."

„Klingt nicht, als ob es etwas Gutes wäre", sagte Tommi. „Weißt du denn auch, was das bedeutet?"

Schräubchen nickte. „Ungefähr. Meine Eltern sprachen neulich darüber. Sie kennen eine Frau, bei der man Berge von gestohlenen Sachen gefunden hat. Sie ist krank und mußte in eine Klinik zur Behandlung. Solche Menschen stehlen, um zu stehlen, sagte mein Vater. Das ist wie eine Sucht. Die Gegenstände interessieren sie gar nicht. Vielleicht ist das bei Herrn Friedlich auch so?"

„Hm . . . ja . . ., vielleicht", erwiderte Tommi. Er war nicht geneigt, daran zu glauben, daß Herr Friedlich diese Krankheit hatte. Er meinte, die Diebstähle und die vielen Päckchen könnten durchaus auch etwas mit Erpressung zu tun haben. „Wenn er zum Beispiel Briefpapier kauft, könnte sich die Verkäuferin später an ihn erinnern. Wenn er die Sachen stiehlt, die er braucht, gibt es keine Spur", erklärte er.

Bei ihrer Unterhaltung vergaßen die Kinder nicht, Herrn Friedlich im Auge zu behalten, der ruhig auf einer Bank saß und Zeitung las. Nach einer halben Stunde ungefähr faltete er sie zusammen.

„Hau ab", zischte Schräubchen, und Tommi verdrückte sich.

Noch eine Entdeckung

Die weitere Verfolgung von Herrn Friedlich endete rasch wieder – er betrat nämlich das nächste Café. Die Freunde überlegten, ob sie warten sollten.

„Vielleicht trifft er sich dort mit jemandem", sagte Tommi. „Geh rein und kauf ein Stück Kuchen. Das teilen wir uns dann. Hast du Geld?"

„Nur noch zwanzig Pfennig. Ich habe schon die Briefmarke bezahlt."

Tommi gab ihr zwei Mark, und Schräubchen ging ins Café.

Nach wenigen Minuten kehrte sie zurück und berichtete: „Herr Friedlich sitzt allein an einem Tisch. Er hat ein Kännchen Kaffee und zwei Stücke Kuchen vor sich stehen und liest Zeitung. Gesehen hat er mich nicht."

Die beiden teilten sich den Kuchen und den Preis. Schräubchen bezahlte mit der Briefmarke. Tommi hatte nichts dagegen; er wollte sie an seinen Vater weiterverkaufen.

Nachdem sie sich gestärkt hatten, beschlossen die Kinder, auf Herrn Friedlich zu warten und ihn noch weiter zu verfolgen.

„Vielleicht entdecken wir noch mehr", meinte Tommi. „Der Nachmittag ist sowieso fast vorbei." Aber er brauchte Schräubchen nicht zu überreden – der Erfolg spornte sie an. Die beiden unterhielten sich noch eine Weile, dann suchten sie sich wieder geeignete Beobachtungsposten und warteten.

Herr Friedlich hielt sich fast eine Stunde in dem Café auf. Die Kinder langweilten sich sehr. Doch später bereuten sie es nicht mehr, daß sie dort geblieben waren, denn sie entdeckten etwas Merkwürdiges, das am nächsten Tag eine besondere Bedeutung bekam. Herr Friedlich spazierte nämlich sehr langsam durch das Industrieviertel; hin und wieder holte er auch sein Fernglas hervor und betrachtete irgend etwas. Die Keksfabrik WILMA, in der Walthers Vater arbeitete, interessierte ihn besonders; jedenfalls gewannen die Kinder den Eindruck. Welche Bedeutung mochte das haben? Sie unterhielten sich auf dem Heimweg darüber, denn anschließend war Herr Friedlich zum Meisenweg gegangen, der nicht allzuweit entfernt lag.

„Nachdem er bisher nur Kleinigkeiten geklaut hat, will er jetzt wohl ein großes Ding drehen", sagte Tommi. „Zuerst hat er es mit einer Erpressung versucht, und nun will er vielleicht einbrechen. In der Fabrik gibt es sicher einen Geldschrank. Vorher muß er natürlich alles auskundschaften."

„Ich weiß nicht", Schräubchen schüttelte den Kopf, „Gummibärchen und Armbanduhren stehlen – ja. Aber

Aquarien zertrümmern und einen Geldschrank knacken, das paßt überhaupt nicht zu ihm."

Insgeheim gab Tommi ihr recht, doch er hatte immer noch einen Zorn auf Herrn Friedlich und wollte ihn einer bösen Tat verdächtigen. „Warten wir ab, was die anderen dazu sagen werden", meinte er und schlug vor, auf dem Heimweg schnell noch Walther zu besuchen und ihm alles zu erzählen. Er wohnte in einem Mehrfamilienhaus neben der Pizzeria.

Schräubchen war einverstanden. „Wir kommen ja sowieso bei ihm vorbei", sagte sie.

Walther freute sich, daß die beiden kamen. „Den ganzen Nachmittag habe ich an euch gedacht", erklärte er. „Ich hätte gern mit euch getauscht!"

„Aber wir nicht mit dir", erwiderte Schräubchen. „Jetzt hör mal zu!"

Und das tat Walther. Mucksmäuschenstill blieb er, bis die beiden ihre Geschichte zu Ende erzählt hatten.

„Donnerwetter", sagte er dann. Und noch einmal: „Donnerwetter. Toll!"

„Man müßte mal sein Haus durchsuchen", meinte Tommi. „Wenn er öfter auf Klautour geht, hat er wahrscheinlich ein ganzes Warenlager."

„Ich bin dafür." Walther nickte. „Den Trick mit der Falltür kennen wir ja nun!"

„Aber vielleicht gibt es noch andere Fallen?" fragte Schräubchen. „Und – was sagen wir, wenn er uns erwischt?"

„Wir müssen eben vorsichtig sein", erwiderte Walther.

„Und eine Ausrede wird uns doch wohl noch einfallen!"

Vor allem aber mußte Herr Friedlich weiter beobachtet werden. Walther erbot sich, das am nächsten Tag allein zu übernehmen. Dabei sei auch die Gefahr geringer, bemerkt zu werden, meinte er. Außerdem versprach er, jeden Tag in der Zeitung nachzusehen, ob es etwas Neues über den Erpresser gäbe. Danach verabschiedeten sich Schräubchen und Tommi und gingen nach Hause.

Ein neuer Verdacht

In der Pizzeria herrschte reger Betrieb. Tommi erkundigte sich, ob er helfen solle.

„Geh in die Küche zu Mamma", sagte sein Vater. „Sie ist", er deutete auf seine Stirn, „wie auf einem Karussell gefahren."

„Warum?" erkundigte sich Tommi.

Papa Francesco schüttelte den Kopf. „Mamma wird's dir erzählen!"

Tommi überlegte. War Mamma ärgerlich, weil er gestern die Zimmer nicht aufgeräumt hatte? Also, wenn sie darauf bestand und dann wieder gut war, würde er es jetzt sofort tun. Entschlossen, dieses Angebot zu machen, und zwar nicht mürrisch, sondern freundlich, marschierte Tommi in die Küche. „Ich möchte dir ein bißchen helfen", sagte er zunächst einmal.

Mamma Gina bewegte sich trotz ihrer Rundlichkeit außerordentlich flink und war imstande, mehrere Dinge gleichzeitig zu tun und dabei noch über etwas ganz anderes zu reden. Im Handumdrehen hatte sie Tommi drei verschiedene Aufgaben übertragen. Er machte sich an die Arbeit und wartete. Es dauerte nicht lange, bis er erfuhr, was geschehen war. Seine Mutter begann damit, daß sie über Herrn Friedlich schimpfte, ihn einen Gangster nannte und erklärte, sie bestehe darauf, daß ihm das Lokal verboten würde.

Als das Wort „Gangster" fiel, zuckte Tommi zusammen und vergaß, weiter in der Soße zu rühren, was diese übelnahm. Doch bevor sie anbrennen konnte, hatte Mamma Gina es schon gerochen. Sie entriß Tommi den Kochlöffel und rührte selbst wie wild, wobei sie nun ihn beschimpfte.

„Schon gut, liebe Mamma", sagte Tommi auf italienisch. „Ich passe jetzt auf."

Seine Mutter strich ihm mit einer nach Knoblauch duftenden Hand über die Wange und gab ihm den Kochlöffel wieder, dann arbeitete und redete sie weiter.

Geschehen war folgendes: Nachdem der Mittagsbetrieb in der Pizzeria vorüber war, wollte Frau Carotti schnell einige Besorgungen machen. Sie steckte dreihundert Mark in ihre Geldbörse, legte diese in die Einkaufstasche und ging durchs Lokal hinaus. Herr Friedlich, der als letzter Gast noch allein an dem Tisch neben der Tür saß, stand plötzlich auf und trat ihr in den Weg, oder besser gesagt, er rempelte sie an. Er behauptete, sie nicht gesehen zu haben, weil er in Gedanken gewesen sei. Dann entschuldigte er sich wortreich für seine Unachtsamkeit und hob die Einkaufstasche auf, die zu Boden gefallen war.

An dieser Stelle fiel Tommi ein, daß Schräubchen erzählt hatte, seine Mutter sei schimpfend auf die Straße gekommen. „Aber, Mamma", sagte er beruhigend, „so was kann doch mal passieren. Deshalb dürft ihr ihm doch nicht gleich das Lokal verbieten." Die Idee gefiel ihm nämlich nicht. Wie sollten sie sonst Herrn Friedlich beobachten?

„Bist mein Sohn, aber du bist ein bißchen dumm!" Die Mutter blickte ihn kopfschüttelnd an. „Er ist ein Dieb!"

Nun ahnte Tommi, was geschehen war. „Dio mio!" rief er, obwohl ihn diese Feststellung nicht erstaunte.

Frau Carotti erzählte weiter. Sie war in ein Modegeschäft gegangen, um eine Bluse zu kaufen. An der Kasse stellte sie fest, daß sich ihre Geldbörse nicht mehr in der Tasche befand. Zuerst glaubte sie, daß sie sich geirrt und die Börse vielleicht doch nicht eingesteckt hatte. Als diese sich jedoch trotz ausgiebiger Suche nicht wiederfand, fiel ihr der Zusammenstoß mit Herrn Friedlich ein, und sie meinte, nur er habe die Möglichkeit gehabt, sie zu entwenden.

Tommi war überzeugt davon, daß sie recht hatte; trotzdem widersprach er. Und dann konnte er nur noch den Kopf einziehen, denn seine Mutter überschüttete ihn mit Vorwürfen. Er sei genau wie sein Vater, sagte sie, denn er glaube ja wohl auch, daß sie die Geldbörse verloren habe. Aber das ließe sie nicht mit sich machen! Wenn Herr Friedlich morgen käme, wolle sie ihn ins Hinterzimmer bitten, und dann würde er schon gestehen! Es ginge ja nicht nur um die dreihundert Mark. Sie wolle ihn auch nicht mehr als Gast haben. Tommi müßte ihr doch zustimmen, da er sich erst gestern selbst über Herrn Friedlich geärgert hätte.

„Ja . . ., schon", sagte er zögernd. „Das war auch eine große Beleidigung für mich . . . für uns alle. Aber er hat sich entschuldigt, und damit ist es in Ordnung! – Mit deiner Geldbörse ist es eine andere Sache. Du nimmst nur an, daß er sie gestohlen hat. Beweisen kannst du es nicht! Es ist ja möglich, daß du sie in der Eile irgendwo anders hingelegt hast. Wenn du jetzt Herrn Friedlich beschuldigst, und wir finden den Geldbeutel nächste Woche wieder – das wäre peinlich!"

Mamma Gina lief behende hin und her. Manchmal warf sie ihm einen bösen Blick zu. Es schien nicht so, als ließe sie sich von ihrem Vorhaben abbringen.

Tommi rührte eifrig die Soße. „Mamma", sagte er vorsichtig, „erinnerst du dich an das goldene Armband? Wir haben es wochenlang gesucht und schließlich im Medizinschrank gefunden, als wir ein Pflaster für Nele herausnehmen wollten."

Darauf habe sie nur gewartet, erklärte seine Mutter. Er sei wirklich genau wie sein Vater, der ihr die gleiche Geschichte vorgehalten hatte! Sie wolle es sich überlegen, und er solle nun aus der Küche verschwinden und sich um Nele kümmern. Sie habe keine Lust, sich noch weiter zu ärgern. Dabei lachte sie aber schon wieder und zauste Tommi das Haar. Er drückte schnell einen Kuß auf jeden der weichen, runden Oberarme und lief hinaus.

Der doofste Bruder der Welt

Als Tommi die Treppe zur Wohnung hinaufging, fiel ihm ein, daß er versprochen hatte, Nele einen Bericht über den Nachmittag zu geben. Was sollte er ihr bloß erzählen? Die Wahrheit konnte er ihr nicht sagen! Sie war imstande, am nächsten Tag zu Herrn Friedlich zu gehen und ihn zu fragen, warum er die Gummibärchen geklaut hatte . . . Er dachte sich also schnell eine Geschichte über einen gefährlichen Einbrecher aus, der einer alte Dame nicht nur den gesamten Schmuck gestohlen hatte, sondern auch den Hund, den sie sehr liebte.

Nele wartete schon auf ihn. Sie hockte im Wohnzimmer auf dem Fußboden und spielte mit Bildern. Tommi setzte sich zu ihr und erzählte. Einige Male kam er in Schwierigkeiten, denn Nele wollte alles ganz genau wissen. Glücklicherweise fiel ihm immer eine Antwort ein, die sie zufriedenstellte. Es war zum Verrücktwerden! Und seltsam war es auch, daß sie immer dann ein ausgezeichnetes Gedächtnis hatte und alles richtig verstand, wenn es ihm nicht paßte, dachte er. Doch allmählich lebte er sich in die Geschichte ein, und die starke Anteilnahme seiner Schwester regte ihn an, sie weiter auszumalen, als er vorgehabt hatte. Endlich kam er aber doch zum Schluß. „Wir haben heute nachmittag eine Spur entdeckt", sagte er, „und stundenlang ein bestimmtes Haus beobachtet. Das ist ziemlich langweilig. Deshalb wollten wir dich auch nicht mitnehmen."

„Hmmm", machte Nele.

„Und vor allem ist es gefährlich", fügte Tommi vorsichts-
halber hinzu, damit sie beim nächsten Mal nicht wieder
mitgehen wollte. „Der Dieb hat nämlich eine Pistole!
Wenn dir etwas passieren würde, wären Mamma und Papa
sehr traurig. Und schrecklich böse auf mich!"

„Klar", sagte Nele. „Und wenn der Dieb dich tot-
schießt?"

„Dann haben Mamma und Papa ja noch dich", antwortete Tommi und erwartete Widerspruch. Doch Nele nickte
nur, als sei dies einleuchtend. Er war zunächst ein wenig
gekränkt darüber, aber dann dachte er, daß sie eben noch
zu klein sei, um das zu begreifen. So fragte er nur, ob sie
jetzt zufrieden wäre.

„Ja, sehr. Und wenn ich euch vielleicht doch helfen
kann . . ."

„Dann sagen wir dir Bescheid", versicherte Tommi.
„Wäre ja möglich, daß wir dich noch brauchen. So, und
nun muß ich Schulaufgaben machen." Als er aufstand, fiel
ihm ein, daß es interessant sein könnte, Neles Meinung
über Eusebius zu hören. So fragte er: „Du kennst doch
Herrn Friedlich, nicht wahr?"

Sie nickte. „Er hat mir schon manchmal fünfzig Pfennig
geschenkt."

„Das ist aber komisch", meinte Tommi.

„Warum?"

„Weil er keine Kinder mag."

„Zu mir ist er immer sehr nett", sagte Nele.

„Ich glaube, daß er ein böser Mensch ist."

„Du bist der doofste Bruder von der Welt", erklärte Nele.

„Aber er schimpft doch so oft und ärgert Mamma und Papa!"

Nele ließ sich auf keinen Einwand ein und blieb hartnäckig bei ihrer Behauptung, Herr Friedlich sei lieb.

„Das verstehe ich nicht", meinte Tommi.

„Eben."

„Was bedeutet das?"

„Du bist eben der doofste Bruder von der Welt", sagte Nele in einem Ton, als stelle sie fest, der Tisch sei aus Holz.

Da war nichts zu machen. Tommi gab ihr recht und ging an seine Schulaufgaben.

Vergiftete Schokolade

Am nächsten Tag trafen sich die vier Freunde vor Schulbeginn. Milli war am Abend zuvor noch von Walther telefonisch informiert worden.

„Es gibt schon wieder eine Neuigkeit", sagte Tommi. Und dann erzählte er, daß Herr Friedlich seiner Mutter eine Geldbörse mit dreihundert Mark gestohlen hatte.

„Sollen wir ihn denn nicht anzeigen wegen der Diebstähle?" fragte Milli.

„Das können wir immer noch tun", meinte Walther. „Ich schlage vor, daß wir ihn jetzt erst einmal weiter beobachten. Vielleicht passiert bald etwas."

Die anderen waren einverstanden. Und zwei Stunden später geschah tatsächlich etwas! Im Radio wurde folgende

Nachricht durchgegeben und in regelmäßigen Abständen wiederholt:

„Vor dem Verzehr aller Erzeugnisse der Keksfabrik WILMA wird gewarnt! Es besteht der Verdacht, daß ein Teil der Produktion vergiftet ist. Alle Verbraucher werden aufgefordert, die in ihrem Besitz befindlichen Süßigkeiten bei der nächsten Polizeidienststelle abzugeben; Händler sollen die Waren sofort aus dem Verkauf nehmen und zurückschicken. Wer in den letzten Stunden Produkte der Firma WILMA, insbesondere Schokolade, gegessen hat, sollte sich möglichst umgehend ärztlich untersuchen lassen.“

Nicht nur Sommerberg, sondern fast das ganze Land wurde durch diese Nachricht in Angst und Schrecken versetzt, denn die Firma WILMA verkaufte ihre Ware überallhin. Da insbesondere Schulen und Kindergärten gebeten wurden, die Warnung weiterzugeben, erfuhr die Pizza-Bande nach der großen Pause davon.

„Scheibenkleister“, sagte Walther und blickte Milli, die neben ihm saß, erschrocken an. „Wann hast du . . .“

„Heute morgen.“ Sie war blaß geworden und legte eine Hand auf den Magen. „Ich wollte es eigentlich nicht essen, sondern – zur Erinnerung – aufheben. Aber als ich wach wurde, hatte ich so großen Appetit darauf . . . Oh, ich glaube, mir wird übel . . .“

„Milli! Nein!“ Walther geriet in helle Aufregung; er packte sie bei den Schultern und schüttelte sie. „Spuck es aus! Schnell! Ich gehe sofort mit dir zum Arzt.“

„So ein Quatsch“, sagte Schräubchen. Sie saß in der Bank

vor den beiden, hatte sich umgedreht und zugehört. Sie wußte zwar nichts von dem Herz, aber ihr und Tommi war natürlich bekannt, daß Milli manchmal Süßigkeiten von Walther bekam, wenn die beiden auch immer versuchten, das geheimzuhalten.

„Wann hast du die Schokolade gegessen?" fragte sie.

„Gegen sieben ungefähr." Milli schluckte mehrmals.

„Wenn die Schokolade vergiftet gewesen wäre, müßtest du längst tot sein", meinte Schräubchen. „Bis jetzt warst du putzmunter. Dir ist doch erst übel geworden, nachdem du das gehört hast. Stimmt's?"

„Ja", erwiderte Milli kleinlaut. Langsam wich das Entsetzen aus ihren Augen.

Walther nahm die Hände von ihren Schultern und steckte sie in die Hosentaschen. Er schämte sich, weil er so außer sich geraten war. „Verflixt", sagte er, „die Schreckschraube hat recht. Außerdem – es ist ja nur ein Teil der Ware vergiftet."

„Du hast nicht richtig zugehört", erklärte Schräubchen.

„Es besteht der Verdacht, daß ein Teil der Ware vergiftet ist. Die ganze Geschichte kann also auch ein Windei sein, eine Seifenblase."

Milli hatte sich inzwischen völlig beruhigt, und die Farbe war in ihr Gesicht zurückgekehrt.

„Wie fühlst du dich?" fragte Walther.

„Gut. Es war wohl nur der Schreck", antwortete Milli. „Es tut mir leid, daß ich in Panik geraten bin. Gott sei Dank, daß Schräubchen einen klaren Kopf behalten hat!"

„Ich sorge eben dafür, daß da oben immer alles in Ordnung ist", sagte Schräubchen großspurig und tippte mit dem Finger auf ihre Stirn. „Wenn ein paar Schrauben locker sind, kann die ganze Maschine durcheinandergeraten. Regelmäßige Inspektion ist wichtig!"

Milli und Walther sahen sich an und meinten, sie solle doch auch mal in der Schule daran denken.

In diesem Augenblick stürmte Tommi in das Klassenzimmer seiner Freunde und rief aufgeregt: „Ist mit Milli alles in Ordnung?"

„Ein schlaues Kerlchen, dieser Carotti", sagte Walther. „Er kann tatsächlich zwei und zwei zusammenzählen! Und ich habe mir immer eingebildet, daß ihr es nicht merkt, wenn ich Milli mal Schokolade schenke."

„Erstens bist du nicht so ein Supermann, wie du glaubst", Schräubchen grinste ihn frech an, „und zweitens sind wir viel klüger, als du auch nur ahnst! Wer hat dich eigentlich zum Chef der Pizza-Bande ernannt?"

„Niemand", sagte Milli begütigend. „Es hat sich so ergeben, weil er immer die besten Ideen hatte."

„Aber das muß ja nicht für alle Zeiten so bleiben." Tommi unterstützte jetzt Schräubchen.

„He! Das ist ja ein Aufstand! Wollt ihr mich abschieben?" rief Walther. Er war offensichtlich so bestürzt, daß Tommi ihm schnell versicherte, er habe es nicht so gemeint.

„Ich auch nicht, TH." Schräubchen kniff ihn ins Ohr. „Und vom Thron bist du allein gefallen, als du bei Eusebius in die Falle gegangen bist. Aber du kannst das ja wieder wettmachen."

„Ich werd's euch zeigen", sagte Walther feierlich und schwor sich im stillen, den Erpresser zu finden. Er hatte zwar keine Ahnung, wie er das machen sollte, aber er hoffte auf das Glück, das man manchmal hat, wenn man etwas unbedingt erreichen will.

„Was mag denn wohl hinter dieser Giftgeschichte stecken?" fragte Tommi nun.

„Es . . . es könnte sich . . . um einen Racheakt handeln", erwiderte Walther zögernd.

Die anderen wollten wissen, was er damit meinte.

„Vielleicht hat es jemand getan, der sich ungerecht behandelt fühlt oder entlassen worden ist. Ich werde mal meinen Vater ausfragen. Auch wenn es sich herausstellen sollte, daß nicht ein einziges Stück Schokolade vergiftet worden ist, wird die Firma einen großen Schaden haben. Klar?"

Seine Freunde nickten.

Inzwischen herrschte natürlich große Unruhe in der ganzen Schule. Der weitere Unterricht fiel aus. Es meldeten sich viele Kinder, die WILMA-Süßigkeiten gegessen hatten, und manche lieferten auch noch Reste ab. Sie wurden alle zur Untersuchung ins Krankenhaus gebracht.

Die vier Freunde machten sich auf den Heimweg. Sie gingen zu Fuß und schoben ihre Fahrräder, um sich besser unterhalten zu können. Überall auf der Straße standen Leute beisammen und redeten über die Sache. Die Kinder hörten allerlei. Es hieß, die Keksfabrik sollte erpreßt werden. Manche sprachen von einer, andere von drei Millionen Mark. Und als Warnung sei ein Teil der Ware vergiftet worden!

So war das also . . . Daß sie daran nicht sofort gedacht hatten! Natürlich, der Erpresser hatte seinen ersten, bescheidenen Versuch bei der Zoohandlung gemacht, sozusagen probeweise. Als dieser mißlang, hatte er sich schrecklich gerächt. Und nun kam der große Fischzug: eine Million Mark oder noch mehr. Das war unvorstellbar viel Geld!

„Schräubchen, bist du eigentlich sicher, daß Herr Friedlich gestern die Keksfabrik beobachtet hat?" fragte Tommi.

„Sicher? Nein. Da sind ja noch andere Firmen. Genaugenommen kann er natürlich auch eine Mücke oder einen Vogel beobachtet haben."

Allgemeines Nicken, nachdenkliche Gesichter – die immer schon vorhanden gewesenen Zweifel an der Täterschaft von Herrn Friedlich wuchsen. Er war sonderbar, geheimnisvoll, und ein Dieb war er auch, aber diese Sache paßte nicht zu ihm, zumal nach dieser neuen Entwicklung.

„Trotzdem ist es merkwürdig! Ich werde ihn heute nachmittag beobachten", sagte Walther. „Ich hoffe, daß er zum Essen kommt. Im übrigen müssen wir abwarten. Morgen wird sicher alles ausführlich in der Zeitung stehen."

Alles ganz schön und schaurig, aber...

Walther hatte es bei der Verfolgung bei weitem nicht so schwer wie seine beiden Freunde am Vortag. Herr Friedlich, der wieder eine Plastiktüte bei sich trug, steuerte zunächst das Postamt an, wo er auch diesmal eine Reihe von Päckchen ablieferte – sechs bis sieben Stück, schätzte Walther. Während er die Abfertigung beobachtete, kam ihm ein Gedanke . . .

Machte Herr Friedlich Botengänge für eine Firma, weil er zuwenig Geld hatte? Stahl er deshalb auch? Und vielleicht war er aus diesem Grund auch auf die Idee gekommen, sich durch Erpressung Geld zu beschaffen?

Sicher, er besaß ein Haus, aber es war klein und alt. Wahrscheinlich mußten Reparaturen gemacht werden, und außerdem – ein Haus konnte man nicht aufessen.

Von dieser Seite hatte noch keiner die Sache betrachtet. Walther überlegte. Das Bild gefiel ihm nicht recht. Die Zerstörung der Zoohandlung und die vergiftete Schokolade paßten nicht hinein . . .

Inzwischen war Herr Friedlich abgefertigt worden und verließ das Postamt. Es schien ihn nicht zu interessieren, ob er verfolgt wurde. Er wirkte geistesabwesend, betrachtete keine Auslagen und betrat auch kein Geschäft. Gerade das fand Walther nun wieder verdächtig. Denn, so sagte er sich, wenn Eusebius der Erpresser ist, muß er sich jetzt natürlich überlegen, wie er an das Geld kommt, ohne daß die Polizei ihn erwischt. Das dürfte sehr schwierig sein . . .

Herr Friedlich ging schnurstracks ins Industrieviertel hinter dem Bahnhofsgelände, lief umher und sah sich so interessiert um, als wolle er das gesamte Gelände auskundschaften. Sein Fernglas benutzte er allerdings nicht.

Vielleicht ist ihm das zu riskant, dachte Walther.

Es waren viele Polizisten dort und noch mehr Schaulustige, obwohl es nichts Aufregendes zu sehen gab. Die Fabrik hatte den Betrieb eingestellt. Es kamen ständig

Lastwagen, die entladen wurden. Wahrscheinlich zurück-
gesandte Ware, die nun untersucht werden mußte. Die
Wagen wurden am Eingangstor zunächst von Polizeibeamten kontrolliert.

Nach einer Stunde ungefähr ging Herr Friedlich heim-
wärts. Er stutzte, als er in den Meisenweg einbog . . .

Was hatte er gesehen?

Walther pirschte sich vor und erblickte vor dem Haus
Nummer 5 ein parkendes Auto. Besuch für Herrn Friedlich? Vielleicht ein Komplize? Oder war ihm die Polizei
schon auf der Spur?

Von seinem Platz aus konnte Walther nicht gut sehen.
Doch der Meisenweg war leer – er würde sofort auffallen!

Herr Friedlich ging langsam auf das Auto zu. Walther
huschte auf die gegenüberliegende Straßenseite, wo das
Waldstück begann, und legte sich bäuchlings ins Gras.
Nun konnte er genau verfolgen, was geschah.

Als Herr Friedlich noch ungefähr zehn Meter von dem
Auto entfernt war, öffnete sich die Tür, und eine Frau stieg
aus. Sie ging auf ihn zu und begann sofort heftig und laut
zu reden. Herr Friedlich wich zur Seite aus, machte eine
abwehrende Bewegung und wollte offenbar an der Frau
vorübergehen. Doch sie hielt ihn am Arm fest. Er riß sich
los, und es gab eine Auseinandersetzung zwischen den
beiden. Einmal hob Herr Friedlich sogar drohend den
Stock.

Die Szene endete schließlich damit, daß er seine Brieftasche herausnahm und der Frau etwas gab.

Was war es? Walther reckte den Hals. Die Frau zählte.

Offensichtlich war es ihr zuwenig, denn sie protestierte. Herr Friedlich steckte die Brieftasche wieder ein und breitete die Hände aus. Vielleicht sagte er: Mehr habe ich nicht . . .

Die Frau schob nun die Scheine in ihre Jackentasche und stieg wieder ins Auto. Als sie an ihm vorüberfuhr, sah Walther, daß sie vor sich hin schimpfte.

Herr Friedlich war inzwischen in sein Haus gegangen.

Wer war die Frau, und warum hatte er ihr Geld gegeben? Diese Fragen beschäftigten Walther auf dem Heimweg.

Da es noch früh war, klingelte er bei Carotti. Tommi machte gerade Schulaufgaben und freute sich, eine Pause einlegen zu können.

„Alles ganz schön und schaurig, aber es hilft uns nicht weiter", sagte er, nachdem Walther ihm erzählt hatte, was geschehen war. „Wir rätseln herum . . . Man kann alles auch ganz harmlos erklären – bis auf die Diebstähle natürlich!"

Die beiden unterhielten sich noch eine Weile, und dann ging Walther nach Hause. Er hoffte, von seinem Vater Näheres über die Erpressung zu erfahren. Doch er wartete vergeblich auf ihn. Gegen acht Uhr rief Herr Roland an und sagte, daß er aufgrund der Ereignisse in der Fabrik bleiben müsse und erst sehr spät heimkäme. Walther versuchte, wenigstens bei diesem Telefongespräch etwas herauszubekommen, und stellte einige Fragen.

„Kein Kommentar", erklärte sein Vater, bat ihn, alle WILMA-Produkte bereitzulegen, die er zu Hause fände, und wünschte ihm eine gute Nacht.

Auch am nächsten Morgen gelang es Walther nicht, von seinem Vater etwas zu erfahren. „Wir dürfen nicht darüber reden", sagte er und gab ihm die Zeitung. „Da steht alles drin. Mehr weiß ich übrigens auch nicht."

Walther las den Artikel sorgfältig. Gestern morgen war also ein Brief bei der Keksfabrik eingegangen, in dem eine Million Mark verlangt wurde. Um der Forderung Nachdruck zu verleihen, habe man einen Teil der Erzeugnisse vergiftet, hieß es. Außerdem bezog sich der Schreiber auf die Zerstörung der Zoohandlung und drohte, die Fabrik in die Luft zu sprengen, falls das Geld nicht bezahlt würde. Er verlangte es in alten Scheinen, in zwei unauffällige Koffer verpackt, und wollte sich wegen der Übergabe in den nächsten Tagen telefonisch mit dem Direktor in Verbindung setzen. Er hatte gestern schon einmal angerufen und allerlei Drohungen ausgestoßen, weil die Sache bekanntgemacht worden war. Man hatte ihm erklärt, man könne doch nicht riskieren, daß Tausende von Menschen durch vergiftete Schokolade stürben. Darauf hatte er nur häßlich gelacht und gemeint, ihm sei das egal. Er wünsche, daß die Sache geheimgehalten würde, und man solle dafür sorgen, daß die Polizisten verschwänden, die die Fabrik bewachten.

Der Brief an die Keksfabrik war nicht mit der Hand geschrieben, wie der an die Zoohandlung, der ja leider nicht mehr vorhanden war, sondern aus Zeitungswörtern zusammengeklebt. Fingerabdrücke gab es nicht.

Es wurde in dem Artikel bezweifelt, daß es sich um den gleichen Täter handelte, und die Vermutung ausgesprochen, daß sich hier ein Nachahmer gefunden hatte, der sich nur deshalb auf den Fall Zoohandlung bezog, um sich als gefährlich hinzustellen.

Zum Schluß teilte die Polizei noch mit, daß sie sich wunschgemäß aus dem Fall heraushalte.

Während Walther las, hatte sein Vater das Radio eingeschaltet, um die Nachrichten zu hören. Im Anschluß daran wurde wieder eine Warnung vor den Produkten der Firma WILMA durchgegeben und außerdem mitgeteilt, daß kein Grund zur Panik bestünde. Es gebe bisher keinen einzigen Vergiftungsfall, aber es seien viele Menschen in den Krankenhäusern behandelt worden, die über Schwindelanfälle und Erbrechen nach dem Genuß von WILMA-Schokolade geklagt hätten.

„Ich war von Anfang an davon überzeugt", sagte Herr Roland, „daß sich nicht das kleinste bißchen Gift finden wird. Aber auf ein Gefühl kann man sich in einem solchen Falle natürlich nicht verlassen."

„Widerliche Typen gibt's", meinte Walther. „Ich hoffe, daß der Erpresser gefaßt wird."

„Nicht nur du." Sein Vater nickte grimmig. „Der Mann hat schon einen großen Schaden angerichtet. Von dem Lösegeld will ich noch einmal gar nicht reden. Und was besonders schlimm ist, er hat Tausende von Menschen in Angst und Schrecken versetzt."

„Ja", rief Walther, „mich und Milli auch!" Dann erzählte er seinem Vater die Geschichte. Er sprach allerdings nicht von dem Herz, sondern sagte nur, daß er Milli Schokolade geschenkt hatte. –

Bald darauf verließen die beiden gemeinsam die Wohnung. Vor der Tür legte Herr Roland seinem Sohn den

Arm um die Schultern. „Mach's gut. Übrigens – ich habe gesehen, daß du tüchtig gearbeitet hast. Die Küche ist ja blitzblank!"

„Dann brauchst du wohl eine Brille", erwiderte Walther verlegen. „Im übrigen – blitzblank finde ich ungemütlich."

„Ich auch. Damit wollte ich ja nur sagen, daß ich es bemerkt habe", erklärte Herr Roland. Und nach einer kleinen Pause fuhr er fort: „Wir kommen schon allein zurecht, nicht wahr?"

„Klar", versicherte Walther.

„Ich werde wahrscheinlich häufig spät nach Hause kommen, bis diese Erpressungsgeschichte beendet ist. Du langweilst dich doch nicht?"

„Keine Sorge", sagte Walther. „Ich hab ja gute Freunde."

„Darüber bin ich sehr froh." Sein Vater öffnete die Tür und schob ihn hinaus.

Eine Überraschung, ein Rätsel und eine Bauchlandung

Die Pizza-Bande hatte sich für den Nachmittag um fünf Uhr verabredet. Bis auf Schräubchen waren alle pünktlich zur Stelle.

„Mein süßes, liebes Schwesterlein ist heute bei einer Freundin zum Geburtstag eingeladen", sagte Tommi. „Ich muß sie erst um acht Uhr abholen. Wenn ich einen Wunsch frei hätte, würde ich ihr dreihundertfünfundsechzig Freundinnen schenken."

„Dann können wir ja in Ruhe über den Artikel sprechen." Walther legte die Zeitung von heute auf den Tisch.

„Ja", Tommi nickte, „aber zuerst habe ich eine Überraschung für euch! Und ein Rätsel... Heute morgen
brachte der Postbote ein Päckchen für meine Mutter." Er
zog ein Stück festes, braunes Papier aus der Hosentasche
und zeigte es. „Kein Absender! Ratet mal, was darin war?"

„Ein Geschenk", sagte Milli.

„N-j-nein. So kann man es eigentlich nicht nennen",
erwiderte Tommi.

Walther betrachtete das Packpapier, die in Druckbuch-
staben handgeschriebene Anschrift, legte es zusammen, als
sei noch etwas darin und meinte fragend: „Eine Geldbörse?"

„Mann, du bist wirklich Klasse!" Tommi schlug ihn so
kräftig auf den Rücken, daß Walther zu husten begann.

„Und zwar die Geldbörse deiner Mutter – mit den
dreihundert Mark", quetschte er zwischendurch heraus.

„Stimmt!" rief Tommi begeistert. „Wie bist du bloß
darauf gekommen?"

„Ich weiß nicht..." Walther lehnte sich genüßlich
zurück. Es hatte ihm schwer zu schaffen gemacht, daß
seine Stelle als Oberhaupt der Pizza-Bande durch den Tritt
auf die Falltür ins Wanken gekommen war. Daß er jetzt
richtig geraten hatte, würde sein Ansehen wiederherstel-
len. Schade, daß Schräubchen noch nicht hier war! „Mir
fielen plötzlich die Päckchen ein, die Eusebius zur Post
gebracht hat", fuhr er fort.

„Daran habe ich auch gedacht", sagte Tommi. „Nur –

was für einen Sinn hätte das? Man klaut doch nicht, um die Sachen wieder zurückzuschicken! Er muß ja obendrein auch noch Porto bezahlen."

„Vielleicht hat es ihm leid getan?" meinte Milli.

„Oder sie hat die Geldbörse tatsächlich auf der Straße verloren", erklärte Walther. „Es gibt doch ehrliche Leute."

„Aber woher sollte der Finder denn wissen, wem sie gehört?" Tommi schüttelte den Kopf. „Es waren keine Papiere drin, keine Adresse – nur das Geld. Mamma ist davon überzeugt, daß Herr Friedlich die Geldbörse gestohlen hat, und sie war sehr böse darüber. Nun tut er ihr leid, weil sie meint, er müßte verrückt sein."

„Wir sind ja auch schon manchmal auf die Idee gekommen", sagte Milli. „Und wenn ich alles bedenke, was wir über ihn wissen . . ."

„Das wird sich herausstellen", meinte Walther, und dann fragte er Tommi nach dem Rätsel.

„Herr Friedlich ist heute mittag nicht zum Essen gekommen. Mamma sagt, weil er sich schämt . . . Aber ich denke, daß er keine Zeit hat, wenn er der Erpresser ist. Wir erfahren ja nicht, wann und wo das Geld übergeben wird. Vielleicht ist er inzwischen auch schon mit der Million verschwunden?"

In diesem Augenblick erschien Schräubchen. Es war ein dramatischer Auftritt. Sie stand in der Tür, zerzaust, eine blutige Schramme auf der rechten Wange, die weiße Bluse verschmutzt, die Hose am rechten Knie zerrissen. Sie streckte die Hände aus – die Innenflächen waren ebenfalls blutig – und rief: „Ich habe mit den Erpressern gesprochen."

Erschrocken und überrascht starrten ihre Freunde sie an.

„Haben sie dich so zugerichtet?" fragte Walther.

„Nein." Schräubchen blickte auf ihre Hände. „Meine Knie tun auch weh. Ich habe eine Bauchlandung gemacht. Schuld daran sind die Erpresser. Ich flieg doch nicht vom Fahrrad. Hab ich eigentlich noch alle Zähne? Mein Kopf ist ganz taub. Ich bin hierher gesaust wie eine Rakete!"

„Lach mal", forderte Tommi sie auf.

Schräubchen zog die Lippen zurück. Die Zähne waren noch alle vorhanden. „Gott sei Dank", stöhnte sie. „Dieser Mistkerl! Dem zahle ich's heim! In meinem ganzen Leben bin ich noch nicht mit dem Fahrrad gestürzt."

Ihre Freunde waren inzwischen aufgestanden und sahen sich die Verletzungen an.

„Tut furchtbar weh!" Schräubchen verzog das Gesicht.

„Wir haben für so was einen Puder", rief Tommi. „Er stillt das Blut und verhindert, daß sich die Wunden entzünden. Warte, ich hole ihn! Aber nichts erzählen, bis ich zurück bin!"

Schräubchen versprach es.

Während Tommi fort war, berichtete Walther ihr, worüber sie bis jetzt gesprochen hatten.

„Den Eusebius können wir vergessen." Schräubchen machte eine wegwerfende Handbewegung. „Ihr werdet mir recht geben."

Tommi kehrte sehr schnell zurück.

„Die Hose ist sowieso hin", sagte Milli und vergrößerte den Riß, um die Wunde freizulegen. Tommi bestreute alle blutigen Stellen dick mit einem gelben Puder. Danach sah

Schräubchen zwar noch schlimmer aus, aber alle fühlten sich besser.

Und dann kam Papa Francesco mit vier Portionen Eis! „Eis ist besser als Puder", meinte Schräubchen. Und dann berichtete sie, was geschehen war. „Ich ging ungefähr um halb fünf in die Werkstatt. Georg reparierte ein Motorrad. Ziemlich altes Ding. Der Besitzer stand mit seiner Freundin nicht weit entfernt und wartete. Die beiden gefielen mir nicht. Ihr wißt, was ich meine: aufgetakelt! Sie hatte grüne Strähnen in den Haaren, auf Punker gemacht, obwohl sie dazu viel zu alt sind. Über zwanzig bestimmt . . . Als das Motorrad fertig war, bezahlte er. Bevor er aufstieg, trat er dagegen und schimpfte über die alte Kiste. Ich stand in der Nähe und konnte alles hören. Die Frau legte ihm einen Arm um den Hals und flüsterte, allerdings ziemlich laut: ,Wenn wir erst die Schokolade haben, kannst du dir auch so was kaufen!' Und dabei zeigte sie auf einen ziemlich neuen Sportwagen, den die beiden sich vorher mit glänzenden Augen angeguckt hatten. Er sah sich um, aber es war außer mir niemand in der Nähe. Und ich hatte mich blitzschnell hinter einen Wagen geduckt."

„Wenn wir erst die Schokolade haben . . .", wiederholten Walther, Milli und Tommi wie aus einem Mund.

„Im ersten Augenblick habe ich genauso dumm geguckt wie ihr jetzt", fuhr Schräubchen fort. „Dann hat es ,Klick' gemacht!"

„Erzähl weiter", drängte Walther. Es ärgerte ihn zwar ein wenig, daß ausgerechnet sie so ein Glück gehabt hatte, aber die Sache ging vor.

„Ja – obwohl weit und breit kein Mensch war, wurde der Mann wütend und machte seine Freundin zur Schnecke. ,Was fällt dir ein!' sagte er. ,Bist du verrückt geworden? Stell dich doch gleich auf die Straße und posaune alles aus!' – ,Es kann doch niemand wissen, was ich mit Schokolade gemeint habe', antwortete die Frau."

„Besonders intelligent scheinen die beiden nicht zu sein", meinte Milli.

„Vornehm ausgedrückt", sagte Schräubchen. „Ich dachte, die Typen sind so blöde, daß sie es nicht merken werden, wenn ich sie verfolge. Es ging auch ganz gut. Sie fuhren langsam über die Hauptstraße. Als sie an der Zoohandlung vorbeikamen, zeigte die Frau darauf und lachte sehr laut und sehr häßlich."

„Unglaublich!" Walther fuhr sich mit den Händen durchs Haar. „Das gibt's doch nicht."

„Daß du dich nicht vor ihnen gefürchtet hast", meinte Milli.

„Ich habe die Typen unterschätzt", erklärte Schräubchen. „Das war mein Fehler. Also – ich folgte ihnen weiter! Auf der Bahnhofstraße bogen sie in Richtung Hochhausviertel ab. Der Mann gab Gas, ich auch! Mein Superflitzer ist ja sehr schnell!" Sie besaß ein Fahrrad mit allen technischen Raffinessen. „In der Hochhaussiedlung sind die Straßen schmal, und auf beiden Seiten stehen dichte Büsche, und manchmal ist da auch ein parkendes Auto. Er bog einige Male ab. Ich wollte ihn nicht verlieren, fuhr schneller, als ich sollte. Plötzlich hörte ich kein Motorradgebrumm mehr, sauste um die Ecke, kriegte so eben noch die Kurve – und da standen die beiden mitten

auf der Straße! Ich versuchte auszuweichen – das Vorder-
rad prallte gegen den Bordstein, und ich hob ab, segelte
über das Lenkrad und landete platt auf dem Bauch.

Die zwei amüsierten sich. ‚Die Mädchen fliegen aber
heute schön tief!‘ rief der Mann. Aber dann kam er und
half mir beim Aufstehen. Er fragte auch, ob ich mir weh
getan hätte und hob mein Fahrrad auf.

Da wurde die Frau giftig und sagte allerlei Böses über
ihn und mich. Zuerst blieb er ruhig und meinte nur, sie sei
wohl eifersüchtig, aber ich wäre doch noch ein Kind.

‚Nicht mehr lange‘, sagte sie und musterte mich von
oben bis unten. Weil er noch bei mir stehenblieb und sich
meine Verletzungen ansah, wurde sie stocksauer. ‚Du
guckst dich wohl schon nach einer neuen Freundin um!‘
schimpfte sie. ‚Das kannst du dir aus dem Kopf schlagen!
Mitgegangen, mitgehangen! Und im übrigen‘ – auf einmal
sah sie mich scharf an – ‚warst du nicht vorhin in der
Reparaturwerkstatt?‘ – Reparaturwerkstatt? fragte ich, als
ob sie was Unanständiges gesagt hätte. Dann hab ich ganz
fürchterlich gestöhnt und erklärt, ich müßte dringend nach
Hause, um meine Wunden zu behandeln . . .

‚Wo wohnst du denn?‘ fragte der Mann.

Da vorn, sagte ich und zeigte geradeaus. Dann fuhr ich
ganz schnell los. Umgesehen habe ich mich nicht mehr!"

„Irre", rief Tommi, „Mensch, ist das irre!"

„Müßten wir das nicht der Polizei melden?" fragte Milli.

„Sie haben die Erpresser doch sowieso an der Strippe",
meinte Walther. „Ich bin überzeugt davon, daß die Scho-
koladenfabrik in dieser Sache mit der Polizei zusammenar-
beitet! Und ich habe keine Lust, mich auslachen zu lassen.

Was wissen wir denn schon? Die Frau kann an der Zoohandlung auch über etwas anderes gelacht haben. Und diese Bemerkung in der Werkstatt . . . Vielleicht haben sie eine Erbschaft zu erwarten. Oder sie wollen sich Geld bei der Bank leihen, um einen Sportwagen zu kaufen."

Es gab eine lebhafte Auseinandersetzung über diesen Punkt.

Tommi und Schräubchen waren dafür, Walther dagegen, und Milli schloß sich ihm an.

„Der Erpresser hat ausdrücklich verlangt, daß die Polizei nicht eingeschaltet wird", sagte TH und deutete auf die Zeitung. „Wir würden sie also nur in Schwierigkeiten bringen."

„Der liebe Gott erhalte dir deine guten Ausreden, sagt meine Mamma immer!" Tommi grinste.

Walther führte nun noch einmal die vorher schon genannten Gründe an. Nach einiger Überlegung stimmten ihm dann auch Tommi und Schräubchen zu.

„Und wie kriegen wir heraus, wem das Motorrad gehört?" fragte Milli. „Ich nehme an, daß du dir die Nummer gemerkt hast."

„Jaaa . . .", erwiderte Schräubchen. „Bis ich die Bauchlandung machte, wußte ich sie, aber jetzt . . ." Sie überlegte. „Alles fort!"

„Verflixt!" rief Milli. „Nichts wie hin! Vielleicht steht das Motorrad noch da."

„Kannst du denn fahren?" erkundigte sich Tommi bei Schräubchen.

„Wehwehchen werden in wichtigen Fällen zurückgestellt – und dies ist einer", war die Antwort.

Die Pizza-Bande brach auf. Als sie das Hochhausviertel erreicht hatten, bewegten sich die vier sehr vorsichtig, immer bereit, in Deckung zu gehen. Ganz besonders Schräubchen – die Frau war ja ohnehin schon mißtrauisch geworden!

Die Freunde fanden das Motorrad; es stand noch an der gleichen Stelle. Walther schrieb schnell die Nummer auf, und dann kehrten sie um.

Als sie schon wieder auf der Bahnhofstraße waren, hörten sie Motorradlärm hinter sich. Sie schauten sich um.

„Das sind sie", sagte Schräubchen. „Seht sie euch gut an!"

Die Kinder folgten dem Motorrad und fanden es vor dem Kino geparkt. Das Pärchen stand gerade an der Kasse.

„Dann haben sie wohl heute abend nichts Besonderes vor", meinte Walther. „Was sehen sie sich denn an?" Sie betrachteten alle vier die Ankündigung und die ausgestellten Fotos – es handelte sich um einen Kriminalfilm.

„Sie holen sich wohl Anregungen", meinte Tommi. „Drohbriefe schreiben und telefonieren – das geht ja noch. Aber nun müssen sie das Problem lösen, wie sie an das Geld kommen, ohne daß sie geschnappt werden. Und das ist schwierig."

Inzwischen war es sieben Uhr geworden, und die Kinder mußten heimgehen. Auf dem Weg unterhielten sie sich darüber, wie sie nun weiter verfahren wollten. Eigentlich müßte das Paar rund um die Uhr beobachtet werden . . . Aber wie sollten sie das machen? Morgen war Samstag. Sie brauchten zwar nicht in die Schule zu gehen, doch jeder hatte am Vormittag schon etwas vor. So beschlossen sie, es darauf ankommen zu lassen und sich nach dem Mittagessen zu treffen.

Wer andern eine Grube gräbt

Am nächsten Tag stand wieder ein langer Artikel über die Erpressung in der Zeitung. Die vier Freunde erfuhren, daß es bereits einen Versuch gegeben hatte, das Geld zu bezahlen. Aber die Koffer waren nicht abgeholt worden. Danach hatte der Erpresser angerufen und behauptet, es seien Polizisten am vereinbarten Platz gewesen, was in dem Bericht ausdrücklich bestritten wurde.

„Wir lassen uns nicht hereinlegen", hatte er weiter gesagt. „Und wir haben nicht viel Geduld! Wenn es beim nächsten Mal nicht klappt, werden wir ein Kind als Geisel nehmen. Ihr könnt in Sommerberg ruhig alle Kinder einsperren, es gibt anderswo auch noch welche . . . Überlegt euch das am Wochenende! Wir melden uns am Montag wieder, und dann muß die Sache schnell über die Bühne gehen. Und wenn ihr den Geldabholer schnappt, geht die Fabrik in die Luft, und zwar an einem Tag, an dem gearbeitet wird!"

„Gemeiner Kerl!" stieß Schräubchen hervor.

Milli nickte. „Wer Tiere quält, quält auch Menschen. Ist doch klar!"

„Es sieht zwar so aus, als hätten die beiden sich am Wochenende freigegeben", Walther tippte auf die Zeitung, „aber wir könnten sie doch trotzdem beobachten. Mal sehen, was sie so machen."

Die anderen waren einverstanden, und so fuhren sie zur Hochhaussiedlung. Aber sie hatten kein Glück – das Motorrad war nicht da. Sie radelten über die Strandpromenade und durch die Stadt, sahen jedoch weder das Motorrad noch das Pärchen. In der Nähe des Bahnhofes stiegen sie von den Fahrrädern.

„Was machen wir denn jetzt?" fragte Schräubchen.

„Eusebius ist heute schon wieder nicht zum Essen gekommen", sagte Tommi. „Sollen wir nicht einmal nachsehen? Wir könnten sagen, daß meine Eltern sich Sorgen machen."

„Ja." Milli nickte. „Vielleicht ist er krank und braucht Hilfe. Er wohnt doch allein. Und wo wir nun wissen, daß er nicht der Erpresser ist – ich habe ein schlechtes Gewissen", gestand sie. Den anderen ging es genauso, und das war auch der tiefere Grund für Tommis Vorschlag gewesen. Immerhin hatten sie Herrn Friedlich ernsthaft verdächtigt, etwas Scheußliches getan zu haben.

Die Freunde fuhren also zum Meisenweg. Sie klingelten und riefen, es rührte sich nichts. Und das Tor war auch heute wieder abgeschlossen.

„Wir klettern hinüber und versuchen, ins Haus zu kommen", sagte Schräubchen. „Ich habe mal wieder eine Ahnung. Vielleicht ist er gefallen und liegt hilflos irgendwo mit gebrochenen Beinen ..."

„... so daß wir geradezu ein gutes Werk tun, wenn wir bei ihm einbrechen", fügte Tommi hinzu. „Also, los!" Er stieg über das Tor. Die anderen folgten ihm.

Während sie um das Haus herumgingen, riefen sie nach

Herrn Friedlich, ohne eine Antwort zu erhalten. Sie stellten fest, daß alle Fenster geschlossen waren und auch die Verandatür.

„Vielleicht ist er verreist?" meinte Milli.

Walther klopfte mit dem Fingerknöchel gegen die Scheibe und rief: „Hallo, hallo! Ist da jemand?" Dann preßte er ein Ohr ans Schlüsselloch.

Sekunden später sprang er einen Schritt zurück. „Ich habe etwas gehört", sagte er aufgeregt. „Jemand hat um Hilfe gerufen!"

Die anderen blickten ihn überrascht und ungläubig an.

„Vielleicht ist Herr Friedlich wirklich krank – oder überfallen worden und liegt gefesselt irgendwo", meinte Walther. „Wir wollen es noch einmal versuchen." Er klopfte erneut mit dem Fingerknöchel an die Scheibe, und dann lauschten alle Kinder gespannt. Tatsächlich. Sie hörten dumpfe Klopfzeichen und von ganz weit her eine schwache Stimme. Ob es die von Herrn Friedlich war, konnten sie nicht erkennen.

Schräubchen kam auf den Gedanken, daß es vielleicht nur wieder ein Trick wäre, und meinte, sie sollten vorsichtig sein. Milli fand die Sache unheimlich und zitterte ein bißchen.

„Aber wir müssen nachsehen!" erklärte Walther. „Wenn wirklich jemand Hilfe braucht . . ."

„Wir könnten ja auch die Polizei holen", schlug Milli zögernd vor. Doch davon wollten die anderen nichts wissen. „Wir sind doch zu viert . . . Wo es spannend wird, sollen wir aufgeben? – Man kann nicht immer gleich nach der Polizei rufen", meinten sie.

Die Freunde gingen also noch einmal ums Haus auf der Suche nach einer Möglichkeit, hineinzukommen, ohne eine Fensterscheibe einzuschlagen. Sie entdeckten ein Kellerfenster, das nicht mehr richtig schloß – es ließ sich aufdrücken. Die Öffnung war gerade so groß, daß die Kinder sich hindurchzwängen konnten.

Schräubchen ging zuerst, um die Lage zu erkunden. Sie konnte gerade eben mit den Fußspitzen den Boden erreichen, während sie sich noch oben am Fensterrahmen festhielt. Als sie sich fallen ließ, wäre sie beinahe ausgeglitten.

„Vorsicht!" rief sie sofort. „Hier ist es glitschig." Dann half sie den anderen, sicher in den Keller zu gelangen. Nachdem ihre Augen sich an das Dämmerlicht gewöhnt hatten, schauten sich die Kinder um. Es lag und stand allerlei Gerümpel dort: ein offensichtlich unbrauchbarer Kühlschrank, Kisten, Kartons, Zeitschriftenstapel, eine alte Stehlampe, zwei Stühle mit abgebrochenen Beinen und viele gefüllte Einmachgläser in einem Regal.

„Da geht's weiter", sagte Walther und zeigte auf einen offenen Durchgang, der wahrscheinlich in den nächsten Kellerraum führte. Sehen konnten sie es nicht, denn dort war es stockdunkel.

„Natürlich hat mal wieder keiner eine Taschenlampe bei sich", sagte Tommi ärgerlich. „Oder?"

„Nein", erwiderten alle seine Freunde gleichzeitig.

„Soll ich vorangehen?" fragte Schräubchen.

„Laß mich!" Walther schob sie beiseite. Mit vorgestreckten Händen tappte er vorsichtig weiter, tastete an der Wand nach einem Lichtschalter, fand ihn und drückte.

Irgendwo flammte eine Glühlampe auf, erlosch aber sofort mit einem kurzen Knistern wieder.

„Durchgebrannt", murmelte Tommi. „Verflixt!"

„Mich gruselt es", flüsterte Milli bibbernd.

„Reiß dich zusammen", sagte Schräubchen betont forsch. „Gespenster gibt es höchstens in deinem Kopf . . . Was ist los, TH? Du stehst so still und stumm in der Gegend rum . . ."

Da drehte sich Walther im Zeitlupentempo um. Seine Brille glänzte in dem Lichtstreifen, der durch das kleine Kellerfenster fiel. Die Augen dahinter waren weit aufgerissen und seltsam starr, als habe er etwas Grauenhaftes erblickt. Seine Lippen bewegten sich, aber es kam kein Ton heraus. Schritt für Schritt, auf Zehenspitzen, ging er auf seine Freunde zu. Dann streckte er die Arme vor und schob sie zurück. „Haut ab", murmelte er. „Haut ab!"

Das alles machte einen so unheimlichen Eindruck, daß die drei Angst bekamen und stumm gehorchten. Als sie unter dem offenen Kellerfenster standen und Walthers Gesicht deutlich sehen konnten, bemerkten sie, daß er völlig verstört war. Doch nun wich die Beklommenheit.

„Zum Donnerwetter, was ist los?" fragte Schräubchen.

„Er hat ein Gespenst gesehen", raunte Milli, und sie zitterte so, daß ihre Zähne aufeinanderschlugen.

Tommi packte Walther bei den Schultern und rüttelte ihn. „He, Junge, komm zu dir! Hat dich einer hypnotisiert?"

„Bloß raus hier", flüsterte Walther. „Los, macht schon!"

„Nun mal langsam", sagte Schräubchen ärgerlich. „Wir lassen uns nicht von dir herumkommandieren . . ."

Und nun geschahen zwei Dinge kurz hintereinander.

„Ich will raus hier!" Walthers Stimme klang schrill vor Angst und überschlug sich am Ende des Satzes. Er angelte nach dem Fensterrahmen und wollte sich hochziehen. Aber seine Arme reichten nicht so weit.

Die anderen hatten sich noch nicht von ihrem Schreck über diesen Ausbruch erholt, als ganz in der Nähe ein Klopfen ertönte und eine schwache Stimme etwas rief.

Nun drehte Walther vollkommen durch. Er bekam fast einen Schreikrampf und zerrte eine Kiste herbei, um an das Fenster zu gelangen. Da gab Schräubchen ihm eine schallende Ohrfeige. „Entschuldige", sagte sie dabei. „Das ist keine Ohrfeige, sondern eine Medizin."

„Au!" Walther schüttelte sich, als habe man ihn aus dem Wasser gezogen. Dann sagte er in normalem Ton: „Im nächsten Keller hängt eine Leiche."

Seine Freunde wußten, daß er die Wahrheit sprach, und erschraken zutiefst.

„Neinneinnein", rief Milli mit hoher Stimme und begann zu wimmern. Schräubchen schnaufte vor Aufregung und murmelte einige Wörter vor sich hin, die sie aus der Werkstatt kannte und die so unfein waren, daß Tommi meinte: „Das möchte ich überhört haben!"

Wiederum ertönte das Klopfen und die Stimme.

„Seid mal ganz still", bat Walther, der sich wieder völlig gefangen hatte. Dann rief er: „Herr Friedlich?"

„Ja . . . Wer ist in meinem Haus?" Die Antwort war leise, aber gut zu verstehen.

„Tommi Carotti und seine Freunde", erwiderte Walther langsam und deutlich.

„Das ist schön . . ." Es folgte ein langgezogenes Stöh-
nen. „Hört zu. Kommt ins Wohnzimmer, an die Falltür,
dann können wir uns leichter verständigen."

Walther blickte seine Freunde an. „Da drüben im Keller
hängt eine Leiche", flüsterte er. „Und Herr Friedlich sitzt
vielleicht in seiner eigenen Falle. Entweder ist er der
Mörder – oder es ist noch jemand hier. Ich meine, wir
sollten abhauen und die Polizei holen!"

Milli stimmte ihm sofort zu, Tommi und Schräubchen
wollten jedoch trotz Leiche und Verdacht, daß Herr
Friedlich ein Mörder war, so schnell nicht aus dieser
spannenden Geschichte aussteigen.

„Warum kommt ihr nicht herauf?" rief Herr Friedlich.

„Weil hier im Keller eine Leiche hängt", erwiderte
Schräubchen herausfordernd.

Ziemlich lange blieb es still.

„Es handelt sich um eine Schaufensterpuppe", kam dann
die Antwort.

„Eine Schaufensterpuppe?" wiederholten Milli, Schräubchen und Tommi. Die drei schauten Walther an. Sie wären
gern in lautes Gelächter ausgebrochen, doch sie verbissen
es sich; die Sache war ohnehin schlimm genug für TH . . .

„Holt mich heraus! Ich kann nicht mehr", bat Herr
Friedlich. Die Kinder mußten sehr genau hinhören, um die
Sätze zu verstehen, so schwach klang die Stimme.

„Kann sein, daß da von der Decke eine Schaufensterpuppe hängt", sagte Walther. „Es ist stockfinster in dem
Keller. Also", er holte tief Luft. „sehen wir nach." Er
marschierte los. Schräubchen war mit einem Schritt neben
ihm, die anderen folgten.

Es handelte sich tatsächlich um eine männliche Schaufensterpuppe in einem Hochzeitsanzug. Ein Seil war unter den Armen durchgezogen, auf dem Rücken verknotet und dann mit einer Schlaufe an einem Deckenhaken befestigt.

Eine seltsame Art, die Schaufensterpuppe aufzubewahren . . .

Warum Herr Friedlich das getan hatte? Diese Frage würde er beantworten müssen, ebenso wie einige andere, dachten die Kinder.

Sie sahen sich um und entdeckten allerlei, zum Beispiel eine Drehorgel, ein Schaukelpferd, und an einer Wand hingen noch zwei weibliche Schaufensterpuppen in Abendkleidern.

„Der sammelt wohl so was", meinte Milli.

„Bin ich blöd", sagte Walther.

Diese kurze Pause und die Tatsache, daß seine Freunde ihn nicht ausgelacht hatten, was er ihnen hoch anrechnete, halfen Walther, den Reinfall zu verwinden.

Schräubchen, die nun doch in Versuchung geriet, ihn zu verspotten, überwand sich und erwiderte großmütig: „Da muß man ja einen Mordsschreck kriegen! Es wäre uns allen sicher genauso ergangen." Milli und Tommi stimmten ihr zu.

Erneut ertönten Klopfzeichen.

Die Kinder fanden die Kellertreppe, und wenige Minuten später waren sie um die Falltür versammelt. Milli klopfte und fragte: „Sind Sie da drinnen, Herr Friedlich?"

„Ja. Seit gestern mittag. Bitte, holt mich schnell heraus!"

„Gern. Aber wie?" erkundigte sich Tommi.

„Hört genau zu", erwiderte Herr Friedlich. „An der

Garderobe hängt mein Mantel. In der rechten Tasche befindet sich ein Schlüsselbund. Der kleinste Schlüssel paßt auf den Sicherungskasten. Unten rechts in der Ecke werdet ihr einen Schalter sehen, unter den ein blauer Punkt gemalt ist. Wenn ihr den Hebel nach oben zieht, wird der Mechanismus für die Falltür ausgeschaltet. Unmittelbar über diesem Hebel befindet sich ein blauer Knopf. Den müßt ihr drücken. Dann öffnet sich die Falltür und schließt sich nicht von allein wieder. Habt ihr alles verstanden?"

„Ja! Wir gehen und tun, was Sie gesagt haben", rief Schräubchen. „Hoffentlich fliegt das Haus dabei nicht in die Luft."

„Theaterdonner", erwiderte Herr Friedlich. Und es klang, als lächelte er dabei. „Wirklich gefährlich ist hier nichts."

Überzeugt waren die Kinder nicht und meinten, es gäbe hier ja doch einige sehr merkwürdige Einrichtungen. Herr Friedlich versprach, ihnen später alles zu erklären.

„Darauf bestehen wir auch", sagte Tommi.

Dann gingen die Kinder und taten, worum Herr Friedlich sie gebeten hatte. Die Falltüre öffnete sich, aber er war so schwach, daß sie ihn nicht ohne weiteres hochziehen konnten. So ließ sich Schräubchen in die Grube hinab, um ihn von unten zu stützen. Als er endlich oben war, streckte er sich zunächst einmal lang auf dem Fußboden aus.

„Mir tun alle Knochen weh", sagte er. „Glücklicherweise hatte ich eine Tafel Schokolade in der Hosentasche, als ich in meine eigene Falle ging."

Schräubchen, die inzwischen auch wieder oben war, sah

auf ihn herab und meinte trocken: „Wer anderen eine Grube gräbt, fällt manchmal selbst hinein."

Herr Friedlich, der nun seinem Namen Ehre machte, seufzte. „Das soll mir eine Lehre sein. Ich werde wohl doch langsam alt und trottelig. Wer soll schon bei mir einbrechen? Ich werde den Mechanismus nicht mehr einschalten."

Des Rätsels Lösung

Herr Friedlich bat nun die Kinder, ihm auf die Couch zu helfen und ihm auch etwas zu essen und zu trinken zu geben. „Ihr habt mir das Leben gerettet", sagte er. „Wie soll ich euch danken?"

Walther und Schräubchen machten eine abwehrende Handbewegung. Tommi und Milli murmelten so etwas wie: „Ach, bitte, nicht der Rede wert."

„O doch. Ich wäre wohl verhungert. Und ich konnte ja nicht damit rechnen, daß jemand hierherkommt." Herrn Friedlich versagte die Stimme; er schloß die Augen. Die Kinder gingen in die Küche, machten ein Butterbrot zurecht und brachten es zusammen mit einer Flasche Milch ins Wohnzimmer. Herr Friedlich mußte sich Mühe geben, langsam zu essen und zu trinken.

„Bitte, nehmt euch doch auch etwas", sagte er zwischendurch und deutete auf eine Schüssel, die auf dem Tisch stand. Es waren Schokoladenstücke darin und Pralinen. Doch die Kinder hatten ihr Mißtrauen ihm gegenüber noch nicht völlig überwunden, und so lehnten sie das Angebot dankend ab und sagten, daß sie grundsätzlich keine Süßigkeiten äßen.

„Weil das schlecht ist für die Zähne und überhaupt für die Gesundheit", fügte Milli noch hinzu und warf dabei einen sehnsüchtigen Blick auf die große, volle Schüssel.

Herr Friedlich sah verwundert aus. „Ich esse gern Süßigkeiten", erklärte er. Und dann fiel ihm etwas ein. „Ach – ihr denkt wohl an die Erpressungsgeschichte? Keine Sorge. Ich kaufe seit Jahren nur eine Marke, und das ist nicht WILMA.

„Ja, wenn das so ist . . ." Milli nahm eine Praline. Auch die anderen aßen nun von den Süßigkeiten.

Nachdem Herr Friedlich sich gestärkt hatte, fragte er die Freunde, aus welchem Grunde sie denn heute hierher gekommen seien.

Die vier verständigten sich rasch mit Blicken, und Tommi antwortete: „Sie sind zwei Tage nicht bei uns gewesen. Meine Eltern haben sich Sorgen gemacht. Deshalb wollten wir mal nach Ihnen sehen."

Herr Friedlich freute sich derart über diese Erklärung, daß die Kinder ihn bestürzt anschauten. „Ich werde mich bei deinen Eltern bedanken, Tommi", sagte er und strahlte. „Und für euch muß ich mir eine großartige Belohnung ausdenken!"

„Wir wollen keine!" riefen die vier gleichzeitig.

„Natürlich werde ich immer in eurer Schuld bleiben", fuhr Herr Friedlich fort. „Ihr habt mir das Leben gerettet, und dafür gibt es keinen Gegenwert, es sei denn, ich könnte einmal das gleiche für euch tun."

Walther wechselte das Thema und erkundigte sich nach der Falle. „Ich dachte, ich müßte ersticken", sagte er.

Herr Friedlich schüttelte den Kopf. „Es gibt ein Luftloch. Das hast du wohl nicht bemerkt. Die Sache wäre sonst zu gefährlich."

Als nächstes bat Walther nun um eine Erklärung für die seltsamen Einrichtungen in diesem Haus.

Und Herr Friedlich erzählte . . .

Er bastelte gern, und sein liebstes Hobby war die Zauberkunst. Das Skelett im Schrank zum Beispiel gehörte zu einem Trick. Herr Friedlich versprach, den Kindern bei ihrem nächsten Besuch alles vorzuführen. Er hatte früher in Frankfurt gelebt, war dort auch Mitglied eines Zauberclubs gewesen und schon viele Male bei örtlichen Veranstaltungen aufgetreten. Kurz nachdem er pensioniert worden war – er hatte als Buchhalter gearbeitet –, erbte seine Frau dieses Haus in Sommerberg. Sie dachten, es müßte schöner sein, den Lebensabend hier zu verbringen als in der Großstadt. Doch nachdem sie sich eingerichtet hatten, starb seine Frau. Seit einem Jahr lebte er nun allein in Sommerberg, wo er niemanden kannte.

„Jeder Tag schien unendlich lang", sagte er. „Schließlich begann ich bei jedem Wetter draußen herumzulaufen. Ich kaufte mir ein Fernglas und beobachtete Tiere und Pflanzen. Und ich spazierte viel in der Stadt herum, sah mir die Menschen an . . . Irgendwie mußte ich mich beschäftigen." Die Kinder dachten, nun wird er über die Diebstähle reden, aber Herr Friedlich verstummte.

„Und warum hängt eine Schaufensterpuppe an der Decke

und die anderen an der Wand?" fragte Walther streng. „Es war dunkel da unten – die Lampe brannte nicht –, und ich habe mich sehr erschreckt!"

„Oh, das tut mir leid", antwortete Herr Friedlich. „Bei starken Regenfällen stehen die Keller unter Wasser. Deshalb hängen die Puppen an der Wand. Der Hochzeitsmann war neulich heruntergefallen und naß geworden. Ich dachte, an dem Haken baumelte er schön luftig zum Trocknen."

Es schien tatsächlich für alles Geheimnisvolle und Erschreckende eine einfache Erklärung zu geben. Die Kinder fühlten sich nicht sonderlich gut; sie hatten sich selbst genarrt.

„Bitte, erzählen Sie weiter", sagte Milli kleinlaut.

„Das war alles", erwiderte Herr Friedlich. „Oh, mir wird schwindelig . . ." Sein Gesicht auf dem grünen Samtkissen sah so bleich aus, daß die Kinder Angst bekamen.

„Sollten wir nicht einen Arzt rufen?" flüsterte Milli.

„Ist nicht nötig, danke, es geht schon!" Herr Friedlich lächelte. „Ihr seid nette Kinder! Hoffentlich bleibt ihr auch so."

Was mochte das bedeuten? Die Freunde schauten sich an. Sie erfuhren es bald. Nach einer kleinen Pause sagte Herr Friedlich: „Ich habe eine Tochter. Sie war auch so wie ihr. Sie wollte Schauspielerin werden, aber das Talent reichte nicht. Sie kommt nur zu mir, wenn sie Geld haben will. Und so erfahre ich hin und wieder, daß sie noch lebt . . ."

Nun war auch dieser Punkt geklärt. Die Frau, die Walther gesehen hatte, war seine Tochter. Es blieben also nur noch die Diebstähle. Doch darüber schien Herr Friedlich nicht sprechen zu wollen. Die Freunde meinten aber, daß auch diese Sache geklärt werden müßte. Oder sollten sie damit warten, bis es ihm besser ging?

„Was ist los?" fragte Herr Friedlich. „Heraus mit der Sprache."

„Wenn Sie es wirklich wollen . . .", erwiderte Walther.

„Ich wünsche es ausdrücklich. Ihr habt mir das Leben gerettet, und ich hoffe, daß wir . . . vielleicht Freunde werden."

Die Kinder nickten. Seitdem sie ihn befreit hatten und sich mit ihm unterhielten, war Herr Friedlich ihnen immer sympathischer geworden. Sie begriffen, daß er einsam und unglücklich war, Heimweh nach Frankfurt hatte und sich hier keine neuen Freunde suchen konnte. Er tat ihnen leid. Und sie hofften, daß es für die Diebstähle eine annehmbare Erklärung gab.

„Wir haben Sie mehrmals beobachtet", sagte Walther also, „und dabei festgestellt, daß Sie . . . stehlen!"

„Und sehr viele Päckchen zur Post bringen", fuhr Tommi fort.

„Und weil Sie sich auch sonst verdächtig benommen haben, dachten wir, daß Sie der Erpresser sind. So, nun wissen Sie alles", fügte Schräubchen noch hinzu.

Bei den ersten Sätzen war Herrn Friedlichs Gesicht ernst geworden, und er sah verlegen aus, doch nun begann er zu lachen. „Nein", erwiderte er, „das bin ich ganz bestimmt nicht! Aber ich habe eine Spur. Leider konnte ich sie nicht weiter verfolgen, weil ich mich selbst eingeschlossen habe. Tja, und was den anderen Vorwurf betrifft – ich bin ein

Dieb, aber nicht im üblichen Sinne. Zunächst muß ich euch aber gratulieren. Wenn ihr mich beobachten konntet, ohne daß ich es bemerkte, dann ist wohl nicht mehr viel mit mir los. Zu alt." Er seufzte. „Also, ich stehle zum Zeitvertreib und um meine Fähigkeiten zu üben. Ihr habt das vielleicht schon einmal gesehen: Da geht ein Zauberkünstler durch die Zuschauerreihen, begrüßt die Leute, redet mit ihnen, und wenn er wieder auf der Bühne steht, zeigt er die Uhren, Brieftaschen und Geldbörsen, die er entwendet hat. Das sind Taschenspielertricks. Natürlich habe ich immer alle Sachen zurückgeschickt. Deshalb die vielen Päckchen. Ich habe auch Frau Carottis Geldbörse genommen. Ich werde ihr die Sache erklären und sie um Verzeihung bitten. Ein einziges Mal habe ich auf der Straße eine Brieftasche entwendet, in der sich keine Adresse befand – die habe ich dann ans Fundbüro geschickt."

Die Kinder waren erleichtert. Und nun tat Herr Friedlich ihnen noch mehr leid.

„Es ist schrecklich, wenn man allein ist und niemand einen mag", sagte er.

„Sie sind aber auch immer so unfreundlich und streitlustig", meinte Tommi.

„Damit überhaupt mal jemand mit mir spricht, verstehst du?" antwortete Herr Friedlich. „Es war keine gute Idee, hierher zu ziehen. In Frankfurt kenne ich viele Leute, und vor allem habe ich meinen Club, wo ich mich mit anderen Zauberkünstlern treffe."

„Warum gehen Sie nicht zurück?" fragte Schräubchen.

„Aber das Haus hier . . ."

„Vermieten oder verkaufen Sie es", rief Tommi.

Herr Friedlich blickte die Kinder überrascht an. „Auf die Idee bin ich nicht gekommen. Ich war immer noch wie betäubt durch den Tod meiner Frau, konnte es nicht fassen. Und manchmal dachte ich auch, vielleicht zieht meine Tochter zu mir . . . Ich konnte jedenfalls keine Pläne machen. Warum gehe ich nicht zurück nach Frankfurt?" sagte er langsam. „Natürlich! Nichts hindert mich daran! – Kinder", er schüttelte den Kopf, „ich bin doch ein alter Trottel. Ihr habt mir soeben zum zweiten Male das Leben gerettet. Ich habe nämlich schon manchmal daran gedacht, in den See zu gehen, obwohl ich nicht schwimmen kann."

„Herr Friedlich!" riefen die Kinder erschrocken.

„Es ist wahr. Aber jetzt . . ." Er richtete sich auf. „Ich ziehe wieder nach Frankfurt! Zuerst fangen wir aber noch zusammen diesen gemeinen Erpresser. Aus euren Reden habe ich entnommen, daß ihr euch auch für die Sache interessiert."

„Und ob!" sagten die vier wie aus einem Munde.

„Die Zoohandlung so zu verwüsten – eine abscheuliche Tat!" wetterte Herr Friedlich. „Und nun wollen sie die Keksfabrik erpressen. Ich habe einen großen Zorn auf diese Leute. Wie steht die Sache überhaupt?"

Die Kinder berichteten, und zum Schluß erklärten sie Herrn Friedlich, warum sie ihn verdächtigt hatten. Er entschuldigte sich noch einmal bei Tommi und meinte: „Wenn man ärgerlich ist, plappert man leicht dumme Sätze nach. Ich schäme mich wegen dieser Bemerkung."

„Außerdem mögen Sie keine Kinder und Tiere", sagte Milli.

„Unsinn", Herr Friedlich schüttelte den Kopf. „Ich wollte euch nur verscheuchen." Er machte eine kleine Pause und fuhr dann fort: „Tatsächlich habe ich mich gefreut über euren Besuch!"

„Warum können die Menschen nicht sagen, was sie meinen?" fragte Milli. „Es scheint besonders schwer zu sein, wenn es sich um etwas Gutes und Nettes handelt."

Herr Friedlich gab ihr recht und versprach, sich zu bessern.

Dann erzählte er, daß er am Donnerstag abend noch einmal einen Spaziergang zur Keksfabrik gemacht hatte, wobei ihm ein junges Paar auf einem Motorrad aufgefallen war.

„SOM AD 23!" rief Schräubchen.

Herr Friedlich war aufs höchste erstaunt.

„Erzählen Sie weiter", bat Walther. „Wir erklären es ihnen später."

„Das Paar befand sich in meiner Nähe und flüsterte miteinander. Dadurch wurde ich aufmerksam und horchte", berichtete Herr Friedlich. „Sie stritten sich. Das Mädchen drängte, ‚es bald zu tun'. Er widersprach, und ich konnte nur ‚Montag' verstehen. Plötzlich sah sie, daß zwei Polizisten auf uns zukamen. ‚Die Bullen!', zischte sie. ‚Los, hau ab.' Er gab Gas und fuhr davon. Ich merkte mir die Nummer und habe mich am nächsten Morgen gleich beim Straßenverkehrsamt erkundigt. Der Besitzer heißt Rudi Knall und wohnt in der Hochhaussiedlung. Ich wollte mich am Nachmittag einmal dort umsehen, aber dann habe ich mich in meiner eigenen Falle gefangen."

Die Kinder waren sehr aufgeregt und erzählten nun, was

107

sie entdeckt hatten.

„Ein seltsamer Zufall, daß wir auf das gleiche Paar gestoßen sind", meinte Herr Friedlich. „Die zwei sind außerordentlich unvorsichtig. Aber es scheint, als seien wir auf der richtigen Spur. Habt ihr die Polizei informiert?"

Die Kinder verneinten und nannten ihre Gründe. Herr Friedlich nickte dazu. „Genauso dachte ich auch", sagte er. „Außerdem – wir wollen ja der Polizei nicht ins Handwerk pfuschen."

Es war inzwischen spät geworden, und die Freunde meinten, sie müßten nun heimgehen. „Ich kriege bestimmt Ärger", erklärte Schräubchen.

„Eure Eltern würden sicher nicht schimpfen, wenn sie wüßten, daß ihr mir das Leben gerettet habt", sagte Herr Friedlich. „Aber die ganze Geschichte wollt ihr wohl nicht erzählen?"

„Nein", antworteten die Kinder.

„Die halbe Wahrheit genügt doch sicher auch", Herr Friedlich zwinkerte ihnen lächelnd zu. „Ihr habt auf der Straße einen alten Mann getroffen, der sich nicht wohl fühlte. Er hat euch gebeten, ihn nach Hause zu bringen und euch dann aufgehalten."

„Alt sind Sie, das stimmt. Aber da oben", Walther tippte mit dem Finger gegen seine Stirn, „funktioniert alles prima." Er blickte Herrn Friedlich bewundernd an, der sich offensichtlich darüber freute und ein wenig verlegen wurde.

Dann verabredeten sich die Kinder mit ihm für den nächsten Tag und verabschiedeten sich. Er wollte noch ein

wenig liegenbleiben und bat sie, doch allein hinauszuge-
hen. Darüber waren die Freunde nun doch wieder besorgt.
Walther bat um seine Telefonnummer und erklärte, er
wolle ihn später noch einmal anrufen. Herr Friedlich gab
sie ihm und bedankte sich gerührt.

Walther hielt Wort und ging beruhigt schlafen, nachdem
er gehört hatte, daß es Herrn Friedlich wieder gutging.

Auf der richtigen Spur

Am nächsten Tage besuchten die vier ihren neuen Freund.
Er sei zwar noch ein wenig schwach, fühle sich aber sonst
ganz wohl, versicherte er. Dann zeigte er ihnen sein Haus,
erklärte alles und führte auch einige verblüffende Zauber-
kunststücke vor. Anschließend unterhielten sie sich über
die Erpressungsgeschichte.

Herr Friedlich war davon überzeugt, daß heute nichts
geschehen würde, sondern morgen, weil Rudi Knall von
Montag gesprochen hatte. Er wollte sich früh auf den Weg
machen und die Freunde entweder an der Schule abholen
oder in der Pizzeria eine Nachricht hinterlassen.

„Ich werde mich heute noch gut ausruhen", sagte er,
„und dann wollen wir mal sehen, ob wir das Pärchen nicht
irgendwie daran hindern können, mit dem Geld zu verschwinden!"

Am nächsten Morgen waren die Kinder natürlich sehr
aufgeregt und gespannt. Sofort nach Beendigung des Un-

terrichts rannten sie hinaus. Herr Friedlich kam gerade an.

„Es gibt hochinteressante Neuigkeiten", sagte er. „Nach den Vorbereitungen zu urteilen, ist tatsächlich heute der große Tag!" Und dann berichtete er.

Gegen sieben Uhr kam er auf dem Weg zur Hochhaussiedlung am Bahnhof vorüber. Dort sah er Rudi Knall und seine Freundin. Sie stellten das Motorrad ab, lösten eine Fahrkarte und fuhren mit dem Zug fort. Da sie keine Koffer bei sich hatten, dachte er, würden sie wohl bald wiederkommen. Er setzte sich in ein Café und behielt das Motorrad im Auge.

Gegen elf Uhr konnte er nicht mehr sitzen, ging hinaus und spazierte vor dem Bahnhof auf und ab. Nach einer Weile erschien das Pärchen, aber er hätte es beinahe verpaßt, denn die beiden kamen nicht mit dem Zug, sondern mit einem schwarzen Sportwagen. Die Frau stieg aus, setzte sich auf das Motorrad und folgte dann dem Wagen.

An dieser Stelle mußte Herr Friedlich seine Nase putzen . . . Ungeduldig warteten die Kinder.

„Glücklicherweise konnte ich ein Taxi bekommen mit einem sehr geschickten Fahrer", erzählte er dann weiter. „Wir verfolgten die beiden. Sie fuhren die Hauptstraße entlang, am Villenviertel und am Krankenhaus vorbei, Richtung Waldfriedhof. Da wurde mir die Sache zu riskant. Ich stieg aus und ging zu Fuß weiter.

Hinter dem Waldfriedhof fand ich das Pärchen. Ich spaziere ja nun viel in und um Sommerberg herum, aber dort war ich noch nie. Sie haben den Platz geschickt ausgesucht. Falls jemand vorbeikommen sollte, wird er glauben, der Besitzer des Wagens sei auf dem Friedhof.

Ich war sehr vorsichtig. Zum Glück hatte ich mein Fernglas bei mir. Das Pärchen wechselte die Nummernschilder an dem Sportwagen aus und fuhr dann mit dem Motorrad wieder davon. Ich sah mir den Wagen genauer an. Man kann bestimmt sehr schnell damit fahren. Wahrscheinlich haben sie ihn heute morgen in einer anderen Stadt gestohlen. Es liegen übrigens zwei Koffer hinten drin . . ."

„Das sieht ja wirklich so aus, als sollte die Sache heute steigen", rief Walther aufgeregt.

„Vielleicht sind sie inzwischen schon auf und davon", meinte Milli bedauernd.

„Das glaube ich nicht", sagte Herr Friedlich. „Ich habe heute morgen versucht, mich in ihre Lage zu versetzen, als ich im Café wartete. Wenn ich an ihrer Stelle wäre, würde ich die Geldübergabe heute abend zwischen acht und zehn Uhr verlangen."

„Warum?" erkundigte sich Schräubchen.

„Weil zu dieser Zeit die Straßen vermutlich leer sein werden", erwiderte Herr Friedlich. „Wie ich hörte, wird ab acht Uhr im Fernsehen ein sehr wichtiges Fußballspiel übertragen."

„Na klar!" rief Tommi. „Das sehe ich mir auch an!"

„Darauf wirst du verzichten müssen, wenn du mitmachen willst", erklärte Herr Friedlich. Und dann entwickelte er seinen Plan.

Die Pizza-Bande fand ihn gut.

„Wenn die Erpresser also nicht von der Polizei geschnappt werden und mit dem Geld hier ankommen,

111

werden wir sie in Empfang nehmen", sagte Herr Friedlich. „Ein Problem kann ich allerdings nicht lösen. Wie machen wir den Wagen am besten unbrauchbar?"

„Das Problem ist keines", antwortete Schräubchen. „Ich werde den Verteilerfinger abziehen, dann sagt der Motor keinen Piep mehr. Hoffentlich läßt sich die Haube von außen öffnen. Wenn nicht, stechen wir die Reifen durch. Ich bringe etwas mit."

„Du kennst dich aber aus", rief Herr Friedlich erstaunt und erfuhr nun, daß Schräubchen sozusagen in einer Kraftfahrzeugwerkstatt groß geworden war.

„Ich sehe noch ein Problem", erklärte Milli. „Wenn wir einfach so lange ausbleiben, machen sich unsere Eltern Sorgen!"

„Ich bespreche das mit Papa", erwiderte Tommi. „Ihr wißt ja, auf ihn können wir uns immer verlassen. Er wird eure Eltern anrufen und sagen, daß ihr bei uns zum Abendessen eingeladen seid."

„Gut", sagte Herr Friedlich. „Wir treffen uns also um sechs Uhr am Krankenhaus."

„Und wenn wir uns geirrt haben?" fragte Walther. „Man kann sich ja leicht etwas einreden. Wir haben es gerade erlebt." Er blickte Herrn Friedlich an.

„Wenn ich den Verteilerfinger herausnehme, ist das Auto nicht beschädigt", erklärte Schräubchen. „Und wenn wir die Reifen durchstechen . . ."

„. . . dann müssen wir uns entschuldigen und den Schaden bezahlen", fuhr Herr Friedlich fort. „Ich bin kein reicher Mann, aber deshalb würde ich nicht hungern müssen."

Spaghetti im Benzintank

Die Pizza-Bande traf sich wie verabredet mit Herrn Friedlich. Zusammen gingen sie zu dem Sportwagen. Schräubchen jauchzte – die Motorhaube ließ sich von außen
öffnen! Interessiert und bewundernd sahen die anderen
zu, wie sie die Verteilerkappe löste, den Verteilerfinger
abzog und die Kappe wieder befestigte.

„Der Mann wird nicht so schnell merken, warum das
Auto nicht anspringt", sagte sie.

Herr Friedlich nickte und meinte: „Das gibt uns die
Zeit, die wir brauchen. Wir müssen sehen, ob sie die
Geldkoffer bei sich haben. Und dann können wir die
beiden ja nicht einfach überfallen. Es ist immerhin möglich, daß sie eine Waffe besitzen."

Eine Waffe? Den Kindern kam der Ernst der Situation
voll zu Bewußtsein. Und bei dieser Gelegenheit fiel ihnen
die Pistole ein, die sie bei ihrem ersten Besuch in Herrn
Friedlichs Haus gefunden hatten. Walther fragte ihn danach. Er lächelte geheimnisvoll und klopfte auf seine
Manteltasche. „Die habe ich bei mir! Wenn es notwendig
sein sollte, werde ich die Gangster damit erschrecken. Es
ist eine Zauberpistole." Mehr wollte er darüber nicht
sagen, so sehr die Kinder auch baten.

„Und jetzt suchen wir ein Versteck für euch aus", erklärte
er. „Sie dürfen euch auf keinen Fall vorzeitig entdecken!
Denkt immer daran: der wichtigste Punkt für das Gelingen

meines Planes ist, daß ihr im richtigen Augenblick heraus-
stürmt und die beiden überwältigt – so wie wir es bespro-
chen haben!"

Die Freunde versteckten sich nun, und Herr Friedlich
kontrollierte, ob auch nichts von ihnen zu sehen war.

„Ihr seid so unsichtbar, als hättet ihr Tarnkappen auf",
sagte er. Auf seinen Rat trugen die vier nämlich Tarnklei-
dung. Außer Milli jedoch, die eine Vorliebe für Grün
hatte, sahen alle verkleidet aus. Walther trug ein Hemd
seines Vaters, das ihm viel zu groß war, Tommi ein
olivfarbenes T-Shirt mit langen Ärmeln, das der zierlichen
Milli gehörte; er steckte darin wie die Wurst in der Pelle.
Und Schräubchen hatte sich in der Werkstatt einen grünen
Overall geliehen, der stark nach Benzin und Maschinenöl
roch. „Nun machen wir eine Probe für euren Auftritt",
sagte Herr Friedlich.

Und dann kam laut und deutlich die Frage: „Spaghetti
im Benzintank?"

Er hatte kaum ausgesprochen, da brach die Pizza-Bande
fast lautlos aus dem Gebüsch und umzingelte ihn. Herr
Friedlich war begeistert. Was es allerdings mit dieser
komischen Frage auf sich hatte, das wollte er nicht verraten.

„Ihr werdet schon sehen", sagte er nur und lächelte
wieder geheimnisvoll. „Zumindest ich werde Spaß dabei
haben . . . Und ihr hoffentlich auch, wenn alles vorüber
ist!"

Die Kinder konnten sich das zwar nicht vorstellen, doch
sie mußten sich damit zufriedengeben.

Sie gingen nun den Plan noch einmal durch. „Er ist

114

einfach und meiner Meinung nach vollkommen sicher, wenn ihr euch genau an unsere Abmachungen haltet", sagte Herr Friedlich.

„Ihr müßt nur sehr viel Geduld haben. Möglicherweise dauert es Stunden, bis sie kommen . . ."

Immer wieder dachten die Kinder an diese Mahnung, denn es wurde sieben, acht . . ., neun Uhr . . ., und der glänzende schwarze Sportwagen stand immer noch verlassen da.

Um Viertel nach neun endlich näherten sich hastige Schritte. Rudi Knall und seine Freundin erschienen mit zwei Koffern! Ohne sich weiter umzusehen, stiegen sie in den Wagen; die Koffer flogen auf den Rücksitz, die Türen wurden zugeknallt, und er versuchte zu starten. Doch es tat sich nichts! Der Motor gab nicht den leisesten Ton von sich. Fluchend stiegen die beiden aus. Er öffnete die Motorhaube und blickte hinein. Da es inzwischen schon dämmrig war, verlangte er nach einer Taschenlampe.

„Wir haben keine", erwiderte die Frau mit schriller Stimme.

„Eine Million, aber keine Taschenlampe", schrie Rudi Knall und fluchte abermals ganz fürchterlich.

„Was machen wir denn nun?" jammerte die Frau. „Wir müssen weg!"

„Ruf doch ein Taxi", höhnte Rudi Knall. Dann begann er den Fehler zu suchen und meinte: „Hätte ich mir die Kiste doch nur vorher ein bißchen angesehen . . ."

In diesem Augenblick trat Herr Friedlich auf, der sich bis jetzt auch verborgen gehalten hatte. „Einen wunderschönen Abend wünsche ich Ihnen", sagte er freundlich und schwang seinen Stock leicht hin und her.

„Waaas?" Erschrocken fuhr das Paar herum.

„Ich habe Ihnen einen wunderschönen Abend gewünscht", wiederholte Herr Friedlich.

„Behalten Sie Ihre dummen Sprüche für sich und hauen Sie ab! Aber ein bißchen plötzlich, sonst werde ich unangenehm." Rudi Knall trat einen Schritt vor.

Herr Friedlich tat, als sei er schwerhörig. Er legte eine Hand über das rechte Ohr und sagte: „Sie möchten, daß ich Ihnen helfe? Aber gern." Dann ging er auf den Wagen zu.

Rudi Knall wollte ihn daran hindern, doch die Frau hielt ihn zurück und meinte: „Laß ihn doch! Vielleicht versteht er etwas davon."

„Haben Sie denn eine Ahnung von Autos?" rief Rudi Knall.

„Natürlich", antwortete Herr Friedlich. „Ich bin Kraftfahrzeugmeister."

„Siehst du", sagte die Frau vorwurfsvoll.

„Das ist ein hervorragender Wagen", erklärte Herr Friedlich. „Aber auch er braucht Benzin!" Während er sprach, ging er zum Tank und öffnete den Verschluß.

Da wurde Rudi Knall wütend. „Du hältst mich wohl für blöd, Opa", rief er. „Der Tank ist voll bis zum Rand!"

„Sind Sie ganz sicher, mein Herr?" Herr Friedlich drohte lächelnd mit dem Zeigefinger. „In dieser Beziehung habe ich schon die unglaublichsten Dinge erlebt! Ich werde es lieber noch einmal kontrollieren."

Er wollte erreichen, daß die beiden zu ihm kamen. Und

das taten sie auch. Drei Schritte von ihm entfernt, mit dem Rücken zum Versteck der Pizza-Bande, blieben sie stehen. Er war sehr zufrieden. Aber nun mußte es schnell gehen, damit sie sich nicht wieder bewegten. Er stieß seinen Stock in den Benzintank, zog ihn wieder heraus – und da ringelte sich eine gute Portion Spaghetti um das Stockende ... Die Kinder konnten es glücklicherweise nicht sehen, sonst hätten sie sich vielleicht vor Überraschung verraten.

Das Paar stand wie versteinert. Mit offenem Mund starrten die beiden auf den Stock.

Herr Friedlich schüttelte den Kopf und sagte laut: „Spaghetti im Benzintank?"

Der letzte Ton war kaum verklungen, da huschten die Kinder aus dem Gebüsch. Sie traten Rudi Knall und seiner Freundin in die Kniekehlen, so daß sie hinfielen. Dann drückten sie den beiden mit Chloroform getränkte Tücher aufs Gesicht, so daß sie bewußtlos wurden. Anschließend holten sie Stricke aus dem Gebüsch und fesselten das Paar kunstgerecht nach Herrn Friedlichs Anweisung. Sie arbeiteten schnell und geschickt, und bald hatten sie die beiden so verschnürt, daß sie nur noch die Köpfe bewegen konnten.

Da öffnete Rudi Knall auch schon wieder die Augen. Er fluchte so entsetzlich, als er sah, was geschehen war, daß Herr Friedlich drohte, ihm einen Knebel in den Mund zu stecken, wenn er nicht aufhöre. Also schwieg er zunächst einmal.

Wenige Minuten später kam auch seine Freundin wieder zu sich – sie verspottete ihn ganz fürchterlich. Aus den gegenseitigen Beschimpfungen konnten die Zuhörer entnehmen, daß sie hier tatsächlich die gesuchten Erpresser gefangen hatten.

„Bitte, öffnet die Koffer, um jeden Zweifel auszuschließen", sagte Herr Friedlich zu den Kindern. Sie taten es und fanden sie voller Geldscheine.

„Du bist wirklich ein großer Held", höhnte die Frau. „Von ein paar Gören und einem alten Mann läßt du dich fangen! Wir liegen hier wie Rollmöpse und müssen darauf warten, daß die Polizei uns einsammelt."

„So ist es . . . Und nun der letzte Punkt unseres Planes", Herr Friedlich blickte Tommi und Schräubchen an.

„In Ordnung. Wir gehen!" Die beiden holten ihre Fahrräder aus dem Gebüsch und fuhren zum Krankenhaus, von wo aus sie die Polizei benachrichtigen sollten.

Das Paar hatte inzwischen miteinander geflüstert und sich nun offenbar entschlossen, eine andere Methode anzuwenden. Sie verlegten sich aufs Schmeicheln und Bitten und boten Herrn Friedlich einen Koffer voll Geld an, wenn er ihnen zur Flucht verhülfe.

Er schüttelte den Kopf und redete den beiden ins Gewissen, bis in der Ferne Sirenen erklangen.

„Nun ist es gleich soweit", sagte er, lächelte hintergründig, zog die Pistole aus der Manteltasche und richtete sie auf das Paar.

„Nein!" riefen Walther und Milli erschrocken.

Die Gangster erschraken ebenfalls sehr. „Nehmt ihm das Ding ab", schrie Rudi Knall. „Der ist ja verrückt! Spaghetti im Benzintank! Guckt mal, wie irre der lächelt!"

Wollte er wirklich schießen? Und warum? Was sollten sie tun? Verunsichert blickten die Kinder Herrn Friedlich an.

„Ihr müßt euch eins merken", sagte er. „Man richtet nie eine Waffe auf einen Menschen! Auch dann nicht, wenn man glaubt, sie sei nicht geladen. Aber dies ist eine Zauberpistole. Die beiden Rollmöpse da sollen ein Begräbnis erster Klasse haben."

„Halt! Nicht schießen!" befahl Inspektor Mauser in diesem Augenblick. Eilig kamen mehrere Polizisten herbei.

Doch Herr Friedlich ließ sich nicht beirren. Er drückte ab, es knallte mehrmals, kleine Kugeln flogen aus dem Lauf der Waffe, entfalteten sich, blühten auf, und zarte Tücher in verschiedenen Farben schwebten auf das verschnürte Gangsterpaar hinab.

„Der gehört wirklich in eine Irrenanstalt", stöhnte Rudi Knall erleichtert.

„Er ist ein weltberühmter Zauberkünstler", rief Walther.

„Phantastisch!" sagte Milli. „Ganz toll!"

Tommi und Schräubchen, die gleichzeitig mit den Polizeiwagen gekommen waren, schrien begeistert irgend etwas.

Und dann brachen die vier in ein großes Gelächter aus.

„Ich habe euch doch gesagt, daß wir auch Spaß dabei haben werden", erklärte Herr Friedlich. Er lachte.

Die Polizeibeamten betrachteten das schimpfende Gangsterpaar, das unter bunten Tüchern begraben lag, Herrn Friedlich, der in seine Zauberpistole pustete – und lachten mit. Dann mußten die Pizza-Bande und ihr großer Freund erzählen, was sie auch gerne taten. Anschließend redete Inspektor Mauser ihnen zwar ins Gewissen, weil sie der Polizei ihre Entdeckungen vorenthalten hatten, meinte jedoch zum Schluß, sie hätten die Sache so großartig gemacht, daß sie ein hohes Lob verdienten.

„Wenn wir sie gefangen hätten, wäre es bestimmt nicht so ein Spaß geworden", sagte Wachtmeister Moll und zeigte eine Pistole, die er im Wagen gefunden hatte; sie war geladen. „Vielleicht hätte es Verwundete oder sogar Tote gegeben", fügte er noch hinzu.

Schräubchen setzte nun den Verteilerfinger wieder ein.

„Dein Vater wird stolz auf dich sein", meinte Inspektor Mauser.

Schräubchen bezweifelte das . . .

Inspektor Mauser wandte sich nun an Herrn Friedlich. „Sie sind also ein Zauberkünstler", sagte er. „Aber . . . Spaghetti im Benzintank – das habe ich noch nie gehört! Haben Sie die vorher hineingesteckt? Und wie sind Sie auf die Idee gekommen?"

„Ja, das möchten wir auch gern wissen", riefen die Kinder.

Herr Friedlich schüttelte den Kopf. „Zaubertricks werden nicht verraten. Nur soviel: dies ist ein besonderer Stock! Ich kann damit alles mögliche zaubern. Mit Spaghetti hatte ich es allerdings noch nie versucht. Ich wollte etwas aus dem Tank holen, das die beiden so überraschte, daß sie sich erst einmal nicht rührten. Ich hätte es gern mit einem Ei gemacht oder einem Apfel, aber das ging hier nicht. Und da ich gern Spaghetti esse . . ." Er machte plötzlich einige Handbewegungen, murmelte etwas, strich dem Inspektor über die Jacke, griff ihm ans rechte Ohr und zog zwei lange Spaghettischnüre heraus. „Aber, aber", sagte er kopfschüttelnd. „Haben Sie sich heute morgen nicht die Ohren gewaschen?"

Das Gelächter wollte kein Ende nehmen.

„Sie müssen bei unserem nächsten Fest eine Vorstellung geben", sagte Inspektor Mauser schließlich und wischte sich die Lachtränen aus den Augen. „Vielleicht kann die Polizei noch etwas von Ihnen lernen!"

„Mit Vergnügen", erwiderte Herr Friedlich. „Dafür komme ich gern nach Sommerberg gereist. Ich ziehe nämlich nach Frankfurt zurück." Dann überreichte er dem Inspektor eine Brieftasche. „Bitte schön! Die gehört Ihnen."

„Aber wieso . . ., woher haben Sie . . . Ja, das ist meine Brieftasche!" Inspektor Mauser geriet ins Stottern. Alle staunten über Herrn Friedlichs Geschicklichkeit, und der Inspektor meinte im Scherz, sie müßten ihn wohl auch mit Stricken verschnüren, damit er sie nicht alle ausplündere. Dann erzählte er auf die Frage der Kinder von der Geld-übergabe.

Rudi Knall hatte verlangt, daß der Direktor der Keksfabrik mit seinem Wagen um halb neun an der Burg war und an einer bestimmten Stelle, die schlecht einsehbar war, parkte. Dann sollte er die Koffer vor dem Beifahrersitz auf den Boden legen, beide Türen öffnen und sich nicht mehr bewegen, was immer auch geschähe.

Als Tommi und Schräubchen anriefen, saß der Direktor immer noch regungslos, und die Polizei beobachtete ihn aus der Ferne. Die Beamten hatten nicht sehen können, daß die Koffer inzwischen abgeholt worden waren. Rudi Knall und seine Freundin hatten sich im Schutze von Gebüsch und Sträuchern an den Wagen herangerobbt und die Koffer herausgezogen. Bevor sie wieder verschwanden, hatten sie dem Direktor gesagt, es sei ein Gewehr auf ihn gerichtet, und er solle so lange still sitzen bleiben, bis er ein Zeichen bekäme . . .

„Ja, wenn Sie und die Kinder nicht gewesen wären, hätte das Pärchen wohl fliehen können", meinte Inspektor Mauser zum Schluß. „Und nun wollen wir aufbrechen. Es ist spät geworden. Wir sehen uns alle morgen auf dem Polizeirevier 13 wieder."

„Ich wohne hier in der Nähe", sagte Herr Friedlich, gab Wachtmeister Moll seine Adresse und wanderte fröhlich vor sich hin pfeifend davon.

Die Kinder wurden von Inspektor Mauser nach Hause gebracht.

Alle Eltern bekamen einen Schrecken. Doch sie beruhigten sich bald wieder. Vor allem die Schilderung der komischen Vorstellung, die Herr Friedlich gegeben hatte, ließ sie ihre Ängste vergessen. Und sie waren natürlich alle auch sehr stolz auf ihre Kinder!

Am übernächsten Tag stand ein langer Artikel in der Zeitung mit der Überschrift „Erpresser gefaßt!" Er begann mit dem Satz: „Die Pizza-Bande und ein Zauberkünstler lieferten die Gangster verschnürt wie Rollmöpse bei der Polizei ab!" Es war auch ein großes Foto von Herrn Friedlich und den Kindern abgedruckt. Danach waren die fünf in der ganzen Stadt bekannt.

Es stellte sich heraus, daß die Vergiftung von WILMA-Erzeugnissen eine leere Drohung gewesen war. In der

122

Keksfabrik freute man sich sehr, daß die Sache ein so gutes Ende genommen hatte. Zum Dank bekamen die Pizza-Bande und Herr Friedlich einen Finderlohn für die zwei Geldkoffer; zehntausend Mark sollten sie sich teilen.

Das war natürlich eine freudige Überraschung! Herr Friedlich stiftete seinen Anteil der Zoohandlung, und die Freunde rundeten die Summe auf dreitausend Mark auf.

Herr Moos war zu Tränen gerührt, als ihm das Geld übergeben wurde. „Das hilft mir sehr", sagte er. „Ich bin zwar versichert, aber der gesamte Schaden wird ja nicht ersetzt." Dann gratulierte er zu dem großen Erfolg.

„Ach, wir hatten viel Glück", erklärte Schräubchen. „Zuerst waren wir auf der falschen Spur . . ."

„Und überhaupt", sagte Milli, „ohne Herrn Friedlich hätten wir die Erpresser wohl nicht fangen können."

„Und wir haben einen neuen Freund gefunden", fügten Tommi und Walther hinzu.

„Ja . . ., manchmal führt auch die falsche Spur zum Ziel", meinte Eusebius Friedlich lächelnd.

Pizza-Bande

Abenteuer-Serie für Mädchen und Jungen

Alle mal herhören!

Spannende Abenteuer erleben mit der **Pizza-Bande**.
Mit Mut und Köpfchen lösen die vier von der
Pizza-Bande knifflige Fälle. Folgende SchneiderTon-Cassetten
zu dieser beliebten Serie sind bereits erschienen:

- Ein Geist mit nassen Füßen oder Computerdiebe
- Ein Hai sitzt auf dem Trockenen oder Der Trick
- Pfeffer für Pistazien-Paule oder Die Extratour
- Kartoffelsalat und kalte Füsse ● Der grüne Fuchs
- Hände weg von Teddybären

Jede SchneiderTon-Cassette DM 7,95.